Eles não usam black-tie

Gianfrancesco Guarnieri

Eles não usam black-tie

37ª *edição*

Rio de Janeiro
2021

Copyright © Gianfrancesco Guarnieri

CIP-BRASIL. CATALOGAÇÃO NA FONTE
SINDICATO NACIONAL DOS EDITORES DE LIVROS, RJ

G95e
37ª ed.

Guarnieri, Gianfrancesco, 1934-2006
Eles não usam black-tie/Gianfrancesco Guarnieri
– 37ª ed. – Rio de Janeiro: Civilização Brasileira, 2021.

ISBN 978-85-200-0876-8

1. Teatro brasileiro (Literatura). I. Título.

96-1304

CDD: 869.92
CDU: 869.0(81)-2

Todos os direitos reservados. Proibida a reprodução, armazenamento ou transmissão de partes deste livro, através de quaisquer meios, sem prévia autorização por escrito.

Direitos desta edição adquiridos pela
EDITORA CIVILIZAÇÃO BRASILEIRA
Um selo da
JOSÉ OLYMPIO EDITORA
Rua Argentina, 171 – 20921-380 – Rio de Janeiro, RJ
Tel.: (21) 2585-2000

Seja um leitor preferencial Record
Cadastre-se e receba informações sobre nossos lançamentos e nossas promoções.

Atendimento e venda direta ao leitor
sac@record.com.br

Este livro foi revisado segundo o novo Acordo Ortográfico da Língua Portuguesa.

Impresso no Brasil
2021

Prefácio

Creio que o nome certo das linhas que se seguem — memórias, opiniões, tanto do autor da peça como de críticos que viram *Eles não usam black-tie* em tempos um tanto distanciados, mas com o mesmo interesse — deveria ser Depoimentos.

A palavra talvez soe falso, mas o contexto do que aqui está pode dar um sentido exato do que se viu, do que se falou, do que se escreveu, e principalmente do que diz agora o autor, passados oito anos da estreia.

Falam, nestas páginas, primeiro o autor, com suas vivências, com as razões que o fizeram escrever a peça; são memórias de um então quase adolescente, um pouco afastado no tempo em que se obrigou a dar este testemunho que foi *Eles não usam black-tie*. E ele, hoje, sentindo a peça, com oito anos de distância, mais maduro, não abandona o amor e o fervor que o determinaram a fazer a sua primeira tentativa teatral. Dela nos fala, às vezes, com calor e simpatia; outras, com uma espécie de pudor sobre o primeiro conhecimento com o meio de expressão que usaria para externar toda a sua problemática humana e social.

Gianfrancesco Guarnieri, autor hoje consagrado, fala aqui de sua primeira experiência. Seu primeiro amor, digamos assim, que ele analisa, disseca, mas não renega.

Falarão também da peça, analisando-a, criticando-a, e principalmente admirando-a, quatro pessoas que acompanharam de perto essa obra que iniciou e foi uma das mais sérias e melhores tentativas de uma dramaturgia urbana brasileira.

"Escrita em 1955, a peça *Eles não usam black-tie* não surgiu de uma determinação, não obedeceu a nenhuma estrutura prévia, disse-nos Gianfrancesco Guarnieri. Nasceu de jorro, ia-se estruturando conforme o diálogo era posto no papel. Os personagens apareciam de repente, iam criando forma e a história pouco a pouco se estendia e formava sentido.

De início era apenas a necessidade de descrever uma festa de noivado num barraco de favela, entre operários. Impressões de adolescência. A coisa tomou impulso e impeliu-me a escrever, dando-me uma sensação gostosa de travessura. Tinha 21 anos. Recém-começara a fazer teatro, como ator, no Teatro Paulista do Estudante. Minha experiência, a primeira séria, como dramaturgo, só foi possível — tenho certeza — por não ter consciência de estar fazendo a primeira experiência séria como dramaturgo. Já antes havia escrito uma peçazinha no Rio de Janeiro para o teatro do Colégio Santo Antônio Maria Zaccharia. Foi montada com êxito. As peças representadas em escola geralmente têm êxito. Não me deixei, no entanto, iludir por aquele sucesso. Foi uma brincadeira que me deu dor de cabeça, mas não passou de uma brincadeira. Depois daquilo, fiquei muito tempo sem pensar em teatro. Aliás, habituado ao teatro, desde criança, quando acompanhava meus pais, não perdendo uma ópera das temporadas líricas, acostumei-me a tratá-lo como coisa doméstica, sem muita cerimônia. O gosto pelo teatro existia. Podia fazer ou não fazer teatro, pouco importava. Parecia-me que quando quisesse eu poderia fazer teatro, assim, à toa, como coisa natural.

Escrever peças de teatro foi a mesma coisa, assim, à toa, sem querer. Escrevi *Black-tie* rapidamente. Levantava-me à noite para escrever. E divertia-me muito com os personagens que surgiam, principalmente com o Chiquinho. Fui o primeiro a chorar com o final do terceiro ato. E minha admiração por Romana foi sempre imensa. Eles estavam lá — os personagens — e eu aqui. Intuitivamente ia colocando no papel uma série de vivências, as preocupações que me afligiam estruturavam-se no ato de escrever. Luto hoje em dia para aliar uma visão mais real das coisas com aquele estado de graça: a mais sincera, ingênua, integrada, desimpedida maneira de falar do meu mundo. Uma ausência total de autocrítica no ato de escrever. A crítica vinha muito depois, deixando-me assim livre para me expor realmente a mim mesmo.

Black-tie parte sem dúvida de uma visão romântica do mundo. Pressupõe uma série de valores básicos, imutáveis, através dos quais os problemas surgem, estourando os conflitos, os homens se debatem, mas tudo chegará a bom termo graças a uma providencial ordem natural das coisas, atingindo-se no tempo a harmonia geral esperada, em virtude de uma tomada de 'consciência'. *Black-tie*, no fundo, é uma peça idealista.

Mas, por outro lado, a peça reflete corretamente muitos aspectos da realidade brasileira, fornecendo considerável material para elaborações posteriores. Parece-me que as personagens, nascidas de um contato direto com o ambiente em que elas se desenvolvem, foram bem-sucedidas.

Particularmente Romana e Tião. A introdução de uma temática urbana, o conflito de classes, a atuação política de Otávio, o problema fundamental de Tião, são aspectos que reputo positivos e penso que contribuíram para o desenvolvimento da nova dramaturgia brasileira.

Black-tie foi montada pela primeira vez em 1958, no Teatro de Arena de São Paulo. Esteve depois um ano em cartaz no Rio e já foi apresentada em diversas capitais e cidades do Brasil e também com êxito na Argentina, no Uruguai, no Chile e na Alemanha, para o público normal e principalmente para públicos bastante populares. O público popular adota a peça como sua, identifica-se com ela. A sinceridade com que foi escrita e o grande amor que sem dúvida encerra são fatores preponderantes para essa comunicação. Por esses aspectos positivos não considero *Eles não usam black-tie* uma peça superada, embora não escrevesse hoje da mesma forma sobre o mesmo tema. Para mim é um caminho a ser aprofundado."

* * *

Referindo-se à peça, assim escreveu o crítico Décio de Almeida Prado *(Teatro em progresso,* pp. 132 a 134 — Editora Martins):

"Gianfrancesco Guarnieri é um jovem fenômeno do nosso jovem teatro. Com 25 anos, só teve tempo de escrever duas peças. Pois as duas constituíram-se, como se sabe, em êxitos excepcionais, dos maiores de que se tem notícia, modernamente, em palcos brasileiros. Em menos de um ano e meio de atividade pública como autor, Guarnieri já teve certamente mais espectadores do que a maioria dos nossos dramaturgos em toda uma existência dedicada ao teatro. Ambas as peças, aliás, acabaram de sair do cartaz, partindo à procura de novas plateias. *Eles não usam black-tie* irá ao Rio de Janeiro depois de um giro pelo interior, enquanto *Gimba* se apresenta por uma semana no Teatro Municipal carioca, antes de ir representar o Brasil na Europa. O momento parece, portanto, oportuno para uma derradeira tentativa de se avaliar criticamente os seus respectivos méritos.

Eles não usam black-tie, se não estamos enganados, põe diretamente o dedo na ferida. A greve é o seu tema ostensivo, uma greve operária, de reivindicação de melhores salários, que acaba por separar pai e filho. O pai, revolucionário consciente de seus fins, forte da força de sua classe, é um dos cabeças do movimento. O filho, criado, por circunstâncias várias, em ambiente diverso, pensa em primeiro lugar no próprio futuro. Corajoso quando se trata de enfrentar outros homens — e o fato mesmo de furar deliberadamente a greve põe isso em evidência —, o seu medo é de outra natureza: o grande medo da nossa sociedade moderna, o medo de ser pobre. Jovem, nas vésperas de casar, com mulher e filho em perspectiva, só tem um cuidado: fugir de sua condição operária, melhorar de vida, subir — e quem é que ousaria, de consciência tranquila, lançar-lhe a primeira pedra?

A ação, pois, pelo seu lado moral, prolonga-se além dos dados iniciais do problema, transcendendo de muito o caso local da greve. Numa sociedade bem organizada — nada custa sonhá-la e é desses sonhos que se alimenta o doloroso e lento progresso da humanidade — não haveria conflitos assim tão marcantes entre o interesse coletivo e o interesse individual. Ora, é uma alternativa desta natureza que o nosso jovem operário tem de enfrentar. Para ele, greve, revolução, são palavras longínquas e problemáticas promessas de um futuro melhor. A realidade imediata é a mulher, o filho, a fome, a miséria, à qual é preciso fugir a todo o custo. E uma sociedade que se fundamenta sobre o individualmente, como a nossa, não está em condições de exigir sacrifício de quem quer que seja.

Certo que o ponto de vista revolucionário, representado pelo pai, teria bons argumentos a estas considerações. Mas a perspectiva da peça é a do filho: o drama é seu, ele é quem deverá pronunciar-se perante a existência concreta da greve. A sua posição, no fundo, não diverge muito da de qualquer rapaz de 20 anos chamado a decidir pela primeira vez entre as suas conveniências pessoais e certos apelos de outra natureza, menos egoístas e mais generosos. O próprio Guarnieri, como homem, e como homem de teatro, é impossível que não tenha sentido por momentos a tentação do lançar ao mar a incômoda carga das ideologias humanitárias, cuidando, acima de tudo, de defender-se economicamente numa sociedade onde todos sabem defender-se com unhas e dentes. Nem é a nossa vida encarada moralmente, mais do que a soma de uma série de decisões de tal natureza. Não é preciso, portanto, ser operário, ter participado da preparação de uma greve, para sentir o impacto das questões propostas com tanta emoção pela peça. O segredo de *Eles não usam black-tie* é dizer respeito a todos nós, é ter alguma coisa a segredar à consciência de cada espectador.

Para sentir que é este o verdadeiro problema, veja-se como a própria gradação psicológica das personagens repete o choque entre o que é e o que deveria ser, indo do otimismo algo sonhador e ingênuo do pai, sempre pronto a acreditar na perfeição moral da humanidade, até o realismo sem ilusões da mãe. Não há cinismo nem desespero, nem amargura, e nem mesmo desengano, na bravura terra a terra com que 'Romana' — a figura dramaticamente mais bem desenhada da peça — desafia diariamente a miséria. Mas as suas observações cruas, francas, desabusadas, sem circunlóquios, mordazes, chamam os homens para a realidade, neutralizam, como uma nota, levemente ácida, o falso sentimentalismo em que ameaçam cair tantas cenas.

Teria Guarnieri pensado em tudo isto ao escrever a sua peça? Não necessariamente, porque uma das virtudes de *Eles não usam black-tie* é exatamente a de não proceder do abstrato para o concreto. O seu ponto de partida são os homens, através dele é que entrevemos outros antagonismos, que são apresentados sempre como conflitos vitais, de ação, não como crítica de diretrizes teóricas. É essa inexistência de prevenções doutrinárias que possibilita ao autor simpatizar simultaneamente com todas as personagens. Se nem todas têm razão, todas, ao menos, têm as suas razões, que é preciso compreender. É admirável, com efeito, a isenção com que a peça, jogando pai contra filho, equilibra os dois pratos da balança. Apenas ao final intervém o autor, fazendo a noiva abandonar o operário que, traindo a greve, traíra os seus amigos e companheiros. Algumas espectadoras protestaram contra semelhante desfecho, em nome da psicologia feminina. Mas não se trata, aqui, de psicologia e sim de moral: o autor necessitava externar de algum jeito seu pensamento, dizer afinal de que lado estava, deixando a neutralidade do puro naturalismo para entrar no terreno em que desejava colocar-se: o da peça de ideias e mesmo de ideias políticas. É um direito seu, que só deixaríamos de lhe reconhecer se o texto escorregasse para a propaganda, coisa que ele tem sempre a dignidade artística de evitar.

Como peça de teatro, *Eles não usam black-tie* tem essa inconfundível espontaneidade das primeiras obras da juventude. Por entre os seus defeitos de concepção e de fatura (certa moleza de construção, certas ingenuidades, certos preciosismos, como a cena em que pai e filho se defrontam no terceiro ato, afetando falar um com o outro por interposta pessoa: 'O teu pai mandou te dizer', 'Diga a meu pai', etc.), o que sobreleva é a notação psicológica exata, viva, alerta, despida de literatura. Acabamos de vê-la pela terceira vez: rimos e nos emocionamos tanto quanto da primeira."

Por outro lado, na *Folha da Manhã* (27/2/58) escrevi sobre a peça a seguinte crítica:

"São raras, raríssimas, as vezes em que o crítico pode falar de uma peça nacional com entusiasmo e com esperança na elevação do nível da nossa dramaturgia. Tem se tornado tão medíocre a produção teatral nacional nestes últimos tempos, salvo uma ou duas exceções, que o papel da crítica parece ser o da maior inimiga da arte cênica brasileira. A cada estreia corresponde, geralmente, uma série de críticas severas e desiludidas. Felizmente, porém, este não é o caso do trabalho de Gianfrancesco Guarnieri. Jovem, muito jovem ainda, Guarnieri ingressou no teatro, como ator, em 1955. Desde então seu trabalho tem sido sempre elogiado e sua curta carreira faz prever uma série de triunfos futuros. Mas eis que o ator nos revela nova faceta do seu talento. Lança-se como autor e o faz de maneira muito acima do comum, no panorama teatral brasileiro. *Eles não usam black-tie* ficará, por certo, na história de nosso teatro, como a primeira peça séria escrita sobre as favelas cariocas, pondo de lado o seu aspecto exótico e pitoresco. Não é uma favela para turistas que o autor nos mostra, mas um conglomerado humano que luta, que sofre, que vive e que tem uma consciência clara de sua função social.

'Se tive alguma pretensão em minha peça foi a de impregná-la de amor e de transmitir este amor', disse Guarnieri na apresentação feita para a estreia da peça, no programa do Teatro de Arena. E essa intenção está presente em cada cena de seu trabalho.

Somente assim poderia ele criar as figuras admiráveis de Romana — que tem os pés firmemente presos à terra e sabe amar como ninguém, à sua maneira brusca e contida, os que formam o seu mundo cotidiano —; de Otávio — com uma paixão política e seu sentido de humanidade que o levará a dizer na cena final, sobre o filho: 'Ele voltará depois de ter adquirido consciência de classe' —; de Maria — que ama mas compreende que só o amor não basta. É necessário também a amizade e o respeito dos que a cercam e com o desprezo deles sabe que não poderá viver. — Finalmente, de Tião, cujo medo da vida se traduz no desejo de fuga do ambiente que, na verdade, é o único onde, no íntimo, sabe lhe ser possível viver.

Com essas figuras e mais algumas que as rodeiam, Gianfrancesco Guarnieri compôs uma peça onde a beleza e a poesia não vêm só das palavras, mas das situações arquitetadas, imprimindo uma força extraordinária em cada cena, onde o diálogo funciona com absoluta economia de meios, sublinhando a situação e nunca, ou quase nunca, indo além dela, mas explicando-a, realizando-a com inteligência e discrição. Veja-se, por exemplo, o contraponto formado pelo final do primeiro ato com a festa do noivado, o rádio ligado o mais alto possível, terminando com o nascimento dos dois gêmeos; e o final do terceiro, com o longo e dramático diálogo entre Maria e Tião, assistido em silêncio por Romana. São duas cenas que se completam e dão um senso de equilíbrio fundamental à peça, revelando um instinto inato da construção teatral.

É lógico que a peça tem defeitos, mas em se tratando de um trabalho de estreia, realizado por autor bastante jovem, as suas qualidades reais são tantas que as suas fraquezas quase se anulam. Assim, a construção cerrada e quase cronométrica das cenas do primeiro ato, onde são apresentadas as personagens e exposto o problema, dilui-se bastante no segundo, terminando pela cena quase desnecessária dos dois namorados olhando para a cidade. Aí, o autor tenta propositadamente fazer um diálogo poético e já não foi feliz, pois a poesia não nasce então da situação, mas das palavras, e estas não chegam a atingir realmente o público. Outra fraqueza da peça está no seu aspecto político. O autor, amando tanto seus personagens, nos dá uma ideia um tanto romântica da favela (note-se da favela, e não da vida de seus habitantes), exaltando a vida de comunhão e camaradagem que ali se leva. Ora, a meta seria exatamente conseguir o contrário.

Na realidade os operários lutam, não para preservar o barraco mas para elevá-lo à categoria de moradia condigna com o seu papel dentro de uma sociedade socializada. Muitas vezes as personagens parecem preferir que tudo se mantenha como está pois a melhoria da situação poderia acarretar uma transformação psicológica de seus habitantes. O que não é verdade, pelo menos ideologicamente. Também alguns modismos na maneira de falar nem sempre são felizes, tais como 'tu gosta de eu', repetido várias vezes durante o desenrolar da peça.

Mas, apesar desses senões — que se diluem ante o impacto que a peça proporciona ao espectador —, trata-se de uma das realizações mais acabadas e sérias apresentadas em nossos palcos nestes últimos tempos. Oxalá possa Gianfrancesco Guarnieri continuar no caminho em que se iniciou e dê ao teatro nacional obras que retratem problemas da vida social das nossas grandes cidades, criando uma dramaturgia urbana".

Entre as críticas feitas no Rio de Janeiro sobre a peça, desejo destacar a de Paulo Francis (*Revista Sr.* — janeiro de 1960). Não vou reproduzir aqui a íntegra de seu artigo, mas o que mais de perto disse a respeito do trabalho de Guarnieri:

"*Eles não usam black-tie*, de Gianfrancesco Guarnieri, a partir da insofisticação de títulos que pode ser também um desafio a conceitos de vulgaridade, serve à geração de hoje como *Look back in anger* (*Recordar com rancor*, tradução aproximada), de John Osborne, serve à juventude britânica, à juventude que se conscientiza, que participa intelectualmente de seu destino, que procura saber aonde vai. Ambas as peças são exigências de esclarecimento, revelam uma ânsia de libertação do caos e frustrações que constituem a essência da vida social de hoje, na Inglaterra e no Brasil.

Em Osborne, deparamos com o filho de uma cultura saturada, cuja raiva é filtrada por impotência. O Império Britânico se desmorona. Já ninguém acredita nele, em literatura, como entidade ética, desde Kipling. O socialismo-trabalhista se intrometeu. O indivíduo melhorou. Mas o artista intelectual, que é o protagonista de Osborne, permanece insatisfeito. Ter o que comer, o que vestir, onde morar, ainda que modestamente, são necessidades primárias que o governo supre com o atraso de séculos — em relação à visão humanista, em vigor desde a Renascença — e o faz ainda com imperfeições e concessões ao passado. O indivíduo precisa mais; sentir-se inteiro e independente como os homens de Shakespeare, e não ser reduzido a peça de uma engrenagem mecanicista, coletivamente estandardizada, sem face, sem espírito. A possibilidade do extermínio tecnológico contribui para o ressurgimento do individualismo em termos modernos.

Esses problemas nos parecem remotos, senão no fato de constituírem a outra extremidade do drama escrito por Guarnieri.

Seu 'Tião' é um operário que trai a classe numa greve. Não o faz por covardia ou interesse. Apenas não crê no sucesso de uma greve. Os patrões concederiam o aumento e aumentariam o preço dos gêneros de consumo, num ciclo de cinismo, que é a constante do meio social em que o rapaz se criou. E 'Tião' vai casar-se. A subsistência é o que lhe importa. Falta-lhe a convicção ideológica necessária à resistência e à revolta por meio do sacrifício individual. Nunca lhe ensinaram diferente, nunca viu diferente no país em que vive. A falência ideológica da personagem de Osborne decorre das experiências das gerações precedentes. A de Guarnieri, da indiferença.

Um dramaturgo jovem como este — tinha 22 anos quando escreveu *Eles não usam black-tie* —, que passou fome em princípio de carreira, que supre com talento o que lhe falta em experiência cultural, escolheria, naturalmente, a si próprio e a seus próximos para dramatizar em seu próprio esforço. Não quero dizer que ele tenha retratado especificamente fulano e beltrano; ao que me consta, isso não aconteceu. Mas às suas pretensões ideológicas, que busca expressar através da condição de operários favelados — viveu nas proximidades de uma favela no Rio, durante algum tempo — juntou por certo sua experiência afetiva do teatro brasileiro, o ambiente em que está amadurecendo como homem e artista. E o teatro, arte menor que entre nós destacou-se das demais em penetração popular, é um microcosmo da situação de suas irmãs, como da situação geral do País.

Na vida pública do País, trabalha-se pelo casulo do nacionalismo, cujo rompimento não seria o *strip-tease* político a que estamos habituados. Aos artistas cabe expressar esse estágio, desde que desejem expressar-se em acordo com a época em que vivem.

Ressaltei Guarnieri como expoente da consciência da arte a que estou mais ligado. Ele é um dramaturgo que transmite a urgência dessa tomada de posição, que a justapõe às acomodações de ordem individual, pedindo ao público que escolha entre as duas atitudes. E o faz carregando consigo a metrópole para o palco, indo ao centro do conflito. Marca o despertar da geração de hoje".

E, por fim, como viu a peça o crítico e historiador da nossa dramaturgia, Sábato Magaldi *(Panorama do teatro brasileiro*, 1962, pp. 229 a 231, Difusão Europeia do Livro):

"Eles não usam black-tie, estreada em 1958, no Teatro de Arena de São Paulo, trouxe para o nosso palco os problemas sociais provocados pela industrialização, com o conhecimento das lutas reivindicatórias de melhores salários. O título, de claro propósito panfletário, pareceria ingênuo ou de mau gosto, não fosse também o nome da letra de samba que serve de fundo aos três atos. Embora o ambiente seja a favela carioca, o cenário existe apenas como romantização de possível vida comunitária, já que a cidade simboliza o bracejar do indivíduo só. Nem por isso o tema deixa de ser profundamente urbano, se o considerarmos produto da formação dos grandes centros, e nesse sentido a peça de Gianfrancesco Guarnieri se definia como a mais atual do repertório brasileiro, aquela que penetrava a realidade do tempo com maior agudeza.

Que a tese implícita do texto seja marxista, não se pode duvidar. Mas o Autor não deformou os caracteres em função de um objetivo político, desenvolvendo antes as situações para que a plateia concluísse a seu gosto. A dignidade artística do trabalho isenta-o de sectarismo, e a peça se beneficia de uma convicção sincera que enforma o entrecho com evidente consciência.

Gianfrancesco Guarnieri opõe duas mentalidades que a rigor se sintetizarão numa só, porque acredita fundamentalmente no homem, e ele, depois de descaminhos, encontra o rumo certo. O tradicional conflito de gerações se coloca de maneira diversa: o pai sempre fiel ao meio de origem não titubeia quando deve enfrentar um problema; e o filho, entregue aos padrinhos e tendo servido como pajem, isto é, sendo um alienado da vida autêntica do morro, toma a decisão que a comunidade condena. Sugere o dramaturgo que as circunstâncias moldam o indivíduo, e o próprio pai se responsabiliza pela defecção do filho, por não querer considerá-lo congenitamente mau. Depois da prova definitiva o filho poderá integrar-se de novo no meio. A peça patenteia outra tese, segundo a qual o indivíduo que procura salvar-se sozinho, desconhecendo o interesse coletivo, se vota à solidão irremediável e ao desprezo dos demais. À vida difícil e sem comunicação da cidade, o texto opõe o trabalho árduo mas com apoio nos semelhantes, simbolizado na solidariedade vigente no morro.

O esquema de duas mentalidades antagônicas que buscam a síntese se repete no binômio que rege a vida humana: o amor e o trabalho. Os dois se acham intimamente entrelaçados na figura de Tião, fixando-se no decorrer da peça em intrigas paralelas. O amor por Maria leva o jovem a querer melhorar de nível financeiro, a fim de usufruir a existência perfeita. Quando, pelo desprezo dos colegas, é obrigado a procurar novo emprego, e pela reprovação paterna é coagido a deixar a casa, o amor também não tem possibilidade de completar-se, ao menos momentaneamente. Maria o receberá de volta, se ele se reintegrar na favela. Mas não o acompanha na peregrinação à cidade e se encarregará de cuidar sozinha da criança que vai nascer, e que, na linha de fidelidade ao ambiente, receberá o nome do avô.

Tudo isso poderá parecer um pouco simplificado, até romântico ou primário, se o texto se incumbisse de filtrar a ideologia em afirmação de vida. Na contextura da peça, a simplicidade é elemento obrigatório, sem o qual as personagens não teriam razão de ser. Sente-se que todas foram tomadas ao vivo, em flagrantes sucessivos do cotidiano, nada elaborado para que não se perdesse a espontaneidade.

Romana, sob esse aspecto, é a criação mais feliz, uma autêntica mãe, como as generosas figuras do teatro de Brecht. A aspereza do trabalho não lhe tira o encanto essencial de viver, que se estende à função de companheira do marido e à de protetora da prole. A cena em que a noiva do filho vai confiar-lhe a gravidez demonstra, na naturalidade e no contentamento com que aceita a revelação, sua íntegra natureza humana. E assim existem as outras personagens, cujas reações são sempre verídicas, nada elaboradas. Sucedem-se no painel a poesia e a firmeza da noiva, o universo ainda infantil de Chiquinho e Tezinha, e o tipo contrastante de Jesuíno, o malandro venal. Nesse mundo não há também lugar para preconceitos raciais. E o compositor que passa todo o tempo ao violão e, no fim, se entristece porque ouviu seu samba, no rádio, com a suposta autoria de outrem, marca o espírito de criação do morro, roubado pela cidade.

A linguagem acompanha fielmente a descrição natural da favela. As cenas de maior gravidade se alternam com os diálogos de saboroso coloquialismo, que mantém a peça em permanente vibração. Registre-se, como pintura admirável de costumes, o pedido de casamento em que falam o noivo e o irmão da noiva. A excessiva liberdade no conduzir as falas talvez tenha dispersado, às vezes, o diálogo, que se insinua em certos momentos por inúteis temas laterais.

O texto, embora trabalhado num sentido de dramatização dos efeitos, conserva também fluência na estrutura. A circunstância de não se perceber nunca o processo de elaboração do autor aumenta-lhe o interesse. A matéria não está, entretanto, bem distribuída, para que a tensão cresça de ato para ato. Depois da apresentação benfeita do primeiro, que acaba em festa, o segundo tem feitio intimista, em que as personagens procuram definir-se para si mesmas antes do desfecho. Se se justifica psicologicamente essa tomada de consciência, do ponto de vista dramático o segundo ato perde em intensidade e em vigor, para só no terceiro verificar-se de novo a inteira adesão da plateia. Ainda assim, a estrutura tem a virtude de não filiar-se a fórmulas estabelecidas por escolas antigas ou contemporâneas, parecendo ditada pelas necessidades interiores do entrecho. Não cabe investigar influências ou semelhanças em seu processo literário."

Ainda uma última palavra, ao terminar estas linhas que desejei chamar de *Depoimentos*.

Vimos — através das lembranças do autor, das opiniões de quatro críticos que julgaram, sentiram, amaram a primeira peça de Gianfrancesco Guarnieri, apesar das divergências, das coincidências de opinião sobre a obra e do seu sentido social, das palavras de entusiasmo, das restrições — uma constante que me parece bastante séria: resta ao final uma impressão só e é a de que a primeira peça do dramaturgo marcou um momento importante, básico, definitivo no teatro brasileiro. Mas o que mais me impressionou em tudo o que foi dito foi uma simples, pequena, porém sintomática frase de Paulo Francis, escrita em 1960, e que serve muito, e bem, aos nossos artistas de agora e também a toda a juventude: a peça, disse aquele crítico, "marca o despertar da geração de hoje".

DELMIRO GONÇALVES

Eles Não Usam Black-Tie
Peça em 3 atos e 6 quadros

Personagens

Esta peça foi representada pela primeira vez no dia 22 de fevereiro de 1958 no Teatro de Arena de S. Paulo, sob a direção de José Renato, com o seguinte elenco: MARIA (Miriam Mehler), TIÃO (Gianfrancesco Guarnieri), CHIQUINHO (Flávio Migliaccio), OTÁVIO (Eugênio Kusnet), ROMANA (Lélia Abramo), TEREZINHA (Celeste Lima), JESUÍNO (Francisco de Assis), JOÃO (Henrique Cezar), DALVA (Riva Nimitz) e BRÁULIO (Milton Gonçalves).

Ato I

(Barraco de Romana. Mesa ao centro. Um pequeno fogareiro, cômoda, caixotes servem de bancos. Há apenas uma cadeira. Dois colchões onde dormem Chiquinho e Tião.)

QUADRO I

MARIA *(falando baixo, entre risos)* — Pronto, lá se foi o sapato... Enterrei o pé na lama...

TIÃO — Olha só como tá meu linho! *(Passa a mão pela roupa, risonho. Para fora)* Ei, Juvêncio! Tocando na chuva estraga a viola! *(Pausa. O violão afasta-se.)* É um maluco... tocando na chuva.

MARIA — Fala baixo, tu acorda o pessoá!

TIÃO — Acorda, não.

MARIA — É melhó a gente ir andando... é só um pedacinho.

TIÃO — Pra ficá enterrada na lama? Não senhora, vamo esperá estiá.

MARIA — D. Romana não vai achá ruim?

TIÃO *(acendendo um lampião)* — Não sei por quê!

MARIA — Vamo embora, Tião. Tá tarde, mamãe não dorme enquanto eu não chego...

TIÃO — Qué te aquietá? *(Pausa. Aponta a cadeira:)* Senta aqui.

> *Maria obedece. Tião senta-se no chão junto dela. A viola continua. Pergunta.*

MARIA *(sorrindo)* — Tu gosta de eu?

TIÃO — Ó dengosa, eu sem tu não era nada...

MARIA — Bobagem, namoradô como tu era...

TIÃO — Tudo passou!

MARIA — Pensa que eu não sei? Todas elas miando: "Tiãozinho pra cá, Tiãozinho pra lá..." *(Abraçando-o.)* Mas eu roubei 'ocê pra mim!

TIÃO — Todo eu!

MARIA *(fazendo bico)* — Fingido!

TIÃO — Palavra, dengosa!

MARIA — Sei tudo tintim por tintim. Quando 'ocê morava na cidade era o garoto mais sapeca do Flamengo. Namorava uma filhinha do papai que era vizinha dos seus padrinhos e por causa dela levou uma bronca deles. Viu como sei tudo?...

TIÃO — Muito bem, o que mais?

MARIA — Sei muito mais. Tu era um grande mentiroso. Dizia pra menininha que era estudante, contava uma porção de vantagem, até que um dia ela ia te pegando servindo de babá. *Aí,* quando tu viu ela, quis escondê o carrinho da criança atrás do murinho da praia. O garoto caiu, machucou a cabeça e tu levou uma bruta surra de teus padrinhos, e a menina não quis mais nada com você!

TIÃO — É uma bela história, mas é também uma grande mentira que eu nunca escondi de ninguém que era cria dos meus padrinho, muito menos pra aquela enjoada lá. *(Intrigado)* Quem te contô tudo isso?

MARIA — Não digo.

TIÃO — Tá bem. Não pensa que eu vou rogá...

MARIA — E sem falá nas moças da fábrica de lã que tu namorou todas...

TIÃO — E nunca esquecendo a Brigitte Bardot que eu namorei três anos...

MARIA — Convencido!

TIÃO — Quem te contou essas histórias?

MARIA — Num adianta que eu não digo.

Chiquinho resmunga e remexe-se.

MARIA — Fala baixo que ele vai acordá!...

TIÃO — Chiquinho? Nem com uma bomba... Quem te contô?

MARIA — Não digo.

TIÃO *(abraçando-a e encostando seu rosto no dela)* — Diz sim...

MARIA — Fica quieto, Tião. Teus pais acorda daqui a pouco. É melhó a gente ir indo...

TIÃO — Quem te contô?

MARIA — Foi o Jesuíno, pronto.

TIÃO — Safadão! Deixa ele pra mim!

MARIA — E não vai fazê diz que diz!

TIÃO — Tá bem. Gosto de tu toda a vida!

MARIA — Tomara!

TIÃO — Juro!

MARIA — Tomara sim... Se não gostá, eu vou sê a moça mais infeliz do mundo... Ainda mais agora!

TIÃO — Vou te gostá sempre! O Juvêncio continua tocando... O samba é dele, sabe?

MARIA — Eu disse: Ainda mais agora!

TIÃO — Eu sei...

MARIA *(um pouco sem jeito)* — Não. Você tem de perguntá por quê.

TIÃO — Por quê?

MARIA *(sem jeito)* — Porque sim!

TIÃO *(num protesto)* — Ah! dengosa!

MARIA — Porque parece que nós vamo...

TIÃO *(num berro)* — Um garoto!

MARIA — Psiu!... Seu maluco!

TIÃO — Não! Fala sério!

MARIA — Parece que sim.

TIÃO — Mas não está certo, certo...

MARIA — Tá quase, quase...

TIÃO — O jeito, nega, é casá logo...

MARIA — Se tu quisé, eu fico feliz!

TIÃO — Ora, se quero. Marco o casamento amanhã mesmo!

MARIA — Precisa ficá noivo antes...

TIÃO — Não dá... Depois começa a aparecer, vai dá bolo na tua casa.

MARIA — Não aparece logo não. O bolo dá também se a gente casá sem noivá...

TIÃO — Então, é fazê o noivado logo...

MARIA — Mas, Tião, só se tu quisé mesmo...

22

TIÃO — É claro que eu quero, dengosa. Eu só tava esperando me ajeitá melhó na fábrica. Mas sendo assim, não tem outro jeito.

MARIA — Tu tá contente ou triste?

TIÃO — Mais do que contente... Só tem uma coisa... Eu gostaria que tu tivesse tudo, num queria que minha mulhé vivesse em barraco...

MARIA — Sempre vivi em barraco! E vivê com tu é o que interessa...

TIÃO — Eu é que não me ajeito muito no morro.

MARIA — Por quê? Aqui também tem tanta coisa boa... Só o que eu quero é vivê contigo...

TIÃO — E vai vivê! Festa de noivado daqui dez dias, tá?

MARIA (rindo feliz) — Tá...

TIÃO — Dá um beijo! (Beijam-se.)

MARIA — A chuva já parou, vamo indo...

TIÃO (vai até a porta) — Parou nada... Vem vê!

MARIA (indo até a porta) — É esquisito ele...

TIÃO — Eu já vi ele assim uma porção de vez, fica olhando o céu e parece não senti nada...

MARIA — Não sente mesmo, tá todo molhado!

TIÃO — E como faz samba, o danado. Ficou assim depois que aquela mulata deixou ele...

MARIA — Mesmo de antes ele era diferente. Tu nunca vai me deixá!...

TIÃO — Nunca! E tu?

MARIA — Nunca! Só se tu deixa de sê meu Tião!...

TIÃO — Nunca vou deixá de sê!... Já ouviu a letra desse samba dele?

23

TIÃO *(cantarola)* — Nosso amor é mais gostoso,
Nossa saudade dura mais
Nosso abraço mais apertado
Nós não usa as "bleque-tais".

Minhas juras são mais juras
Meus carinhos mais carinhoso
Tuas mão são mãos mais puras,
Teu jeito é mais jeitoso...
Nós se gosta muito mais,
Nós não usa as "bleque-tais"...

MARIA — Bonito!... E tu diz que não se ajeita no morro, me deixou triste.

TIÃO — Esquece!

MARIA — Quem é que a gente vai convidá pra festa?

CHIQUINHO *(num pesadelo, acordando)* — Balisa!... Ahnnn!... Não senhora... *(Senta-se no colchão assustadíssimo)...* O quê?

MARIA — Eu disse que acordava.

TIÃO — Não foi nada. Dorme, Chiquinho.

CHIQUINHO — Ocês tão aí?.. Que chuva, hein?

MARIA — Fala baixo, senão acorda sua mãe.

CHIQUINHO — Foram ao cinema?

TIÃO — Filme de deserto.

CHIQUINHO — Que legal!... Eu tava sonhando com escola de samba... Quem tá tocando?

TIÃO — Juvêncio.

CHIQUINHO *(desaprovador)* — Manco e andando na chuva...

MARIA — Que é que tem uma coisa com outra?

CHIQUINHO — Escorrega mais... Tem café?

TIÃO — Se tivé é pra amanhã... E não vai fazê barulho que a velha levanta daquele jeito...

MARIA — Sabe, Chiquinho, nós vai ficá noivo daqui dez dias.

CHIQUINHO — Boa!... E quando casa?

TIÃO — Logo.

CHIQUINHO — Eu quero casá com Tezinha também...

TIÃO — Deixa de onda moleque!

CHIQUINHO — Vou casá sim. Deixa eu entrá pra fábrica...

TIÃO — Fábrica não dá sustento pra ninguém!

CHIQUINHO — Dá pra tu, dá pro pai, pruquê não vai dá pra mim?

TIÃO — Dorme, vá...

CHIQUINHO *(deita-se, começa a rir)* — Tião, mamãe é gozada pra burro. Ela dá as bronca, mas tem esportiva. Hoje ela quis me batê com a colhé de pau. Eu me baixei e a colhé quebrô na pedra. A mãe xingava e ria, xingava e ria!

MARIA *(rindo)* — Dorme se não tu acorda ela...

Tião e Maria abraçam-se sorrindo.

OTÁVIO *(entra de capa, sacudindo o guarda-chuva)* — Ué, que é isso?

TIÃO — Esperando a chuva passá!

MARIA — Boa noite, seu Otávio!...

OTÁVIO — Salve!... Pegaram muita chuva?

MARIA — Um pouco...

OTÁVIO — Não passa tão cedo, não. Deixa chovê que espanta o calor.

Deixa o guarda-chuva num canto e começa a tirar os sapatos.

TIÃO — De farra, hein pai?

OTÁVIO — Farra?.. Farra vão vê eles lá na fábrica. Sai o aumento nem que seja a tiro!... Querendo podem aproveitá o guarda-chuva, tá furado mas serve... Eu acho graça desses caras, contrariam a lei numa porção de coisas. Na hora de pagá o aumento querem se apoiá na lei. Vai se preparando, Tião. Num dou duas semanas e vai estourá uma bruta greve que eles vão vê se paga ou não. *(Vai até o móvel e pega uma garrafa de pinga.)* Pra combatê a friagem... Se não pagá, greve... Assim é que é...

TIÃO — O senhor parece que tem gosto em prepará greve, pai.

OTÁVIO — E tenho, tenho mesmo! Tu pensa o quê? Não tem outro jeito, não! É preciso mostrá pra eles que nós tamo organizado. Ou tu pensa que o negócio se resolve só com comissão? Com comissão eles não diminui o lucro deles nem de um tostão! Operário que se dane. Barriga cheia deles é o que importa... *(Apontando a garrafa)* Não vão querê um golinho?

MARIA — Sabe, seu Otávio, o Tião resolveu uma coisa...

TIÃO — É sim, pai. Nós vamos ficá noivo!

OTÁVIO — Hum!... Se se gosta mesmo é o que tem de fazê!

TIÃO — Isso não tem dúvida. Daqui dez dias nós fica noivo...

OTÁVIO — Não tá meio apressado, não?

TIÃO — Tem de sê mesmo. Vamo fazê logo...

OTÁVIO — É uma teoria. Só que nós, ó, dinheiro e pouco...

MARIA — De todo o mundo...

OTÁVIO — Vem dizê pra mim...

ROMANA *(interrompendo, sonolenta e furiosa)* — Tem festa e eu não sabia?

OTÁVIO — Chiiiiii!

ROMANA *(a Otávio)* — E não vem depois se queixá de reumatismo. Andando na chuva, preparando encrenca, depois de velho fica bobo... *(A Maria:)* Como vai, Maria... É melhó ir andando; sua mãe daqui a pouco desentreva e vem te procurá...

OTÁVIO — Calma, mulhé, calma...

ROMANA — Calma, sim! Quem levanta daqui a pouco sou eu!... Quem acorda vocês sou eu! Quem faz café sou eu!... *(Caindo em si)* Mas que gandaia é essa...

TIÃO — A chuva, mãe. Paramo aqui por causa da chuva. Depois, papai chegou e tamo conversando...

OTÁVIO — Vão ficá noivo daqui dez dias...

ROMANA — Tá tudo louco! Não podia esperá até amanhã pra falá de besteira... *(A Maria:)* Desculpe, minha filha, não é contigo, não... Mas esses dois não pensam em nada. Chegam berrando e a velha que se dane sem dormi, lavando roupa, acordando antes pra acordá eles... *(Quase berrando)* Que noivado é esse?

TIÃO — Resolvemo ficá noivo, mãe...

OTÁVIO — Daqui a dez dias...

ROMANA — E isso é hora de se marcá noivado? *(Furiosa, a Otávio:)* Tu tava falando em greve. Não me vem com confusão de novo, Otávio... Noivado, greve... E a burra que se dane aqui...

CHIQUINHO *(sentando na cama)* — Mãe, eu também vou...

ROMANA *(cortando)* — E tu dorme aí que não é nada da tua conta. Eu acho bom cada um ir pra sua cama, amanhã a gente conversa. *(A Maria:)* Num é nada contigo não, Maria. Esses dois é que são de amargá... *(A Otávio:)* Deixa essa pinga e vem dormi que tu amanhã tem de levantá mais cedo... *(Sai.)*

OTÁVIO — Ô furacão! Coitada, tem razão... Amanhã a gente conversa melhó. Daqui dez dias, vamo lá... Até amanhã, moça... Leva o guarda-chuva!...

MARIA — Até amanhã...

TIÃO (*está sério, evidentemente preocupado*) — Mamãe é de morte...

MARIA — É o jeito dela... Eu gosto dela toda a vida...

TIÃO — É boa, sim!... Vamos indo...

> *O violão aumenta como se Juvêncio estivesse tocando encostado à porta do barraco.*

MARIA — Que foi, Tião?

TIÃO — O quê?

MARIA — Tu tá preocupado, é por causa do garoto? Não quero que tu case por obrigação...

TIÃO — Não diz bobagem... Greve agora não vai nada bem... Sempre dá bolo...

MARIA — Vamo indo...

CHIQUINHO — Tião!

> *Tião volta-se.*

CHIQUINHO — Diz pro Juvêncio continuá tocando aqui perto!...

> *Os dois saem.*

QUADRO II

CHIQUINHO E TEREZINHA
(*jogam cantando*) — Nosso amor é mais gostoso
Nossa saudade dura mais
Nosso abraço mais apertado
Nós não usa as "bleque-tais"!

OTÁVIO — Filho da mãe, pra emprestá uma porcaria dessa era melhor não ter emprestado nada!

CHIQUINHO e TEREZINHA
(cantando) — Minhas juras são mais juras,
Meus carinho mais carinhoso,
Tuas mão são mais pura
Teu jeito é mais jeitoso
Nós se gosta muito mais
Nós não usa as "bleque-tais"!

OTÁVIO — Vão acabar com esse berreiro ou não vão?!

ROMANA — Deixa eles, Otávio. Festa é pra cantá...

OTÁVIO — E eu tô consertando essa droga pra tocá, mas quero sossego!

Os dois cessam a cantoria.

OTÁVIO *(a Romana)* — Cadê a porca?

ROMANA — Que porca?

OTÁVIO — A do parafuso!

ROMANA — Eu que vou sabê! Deve tá aí pelo chão!

OTÁVIO *(procurando)* — Chiquinho, vê se faz alguma coisa, ajuda aqui...

CHIQUINHO *(achando logo)* — T'aqui, pai.

ROMANA — Tá tudo atrasado. Num deu pra fazê nada. E lava a roupa e faz comida, ajeita as bandeirinhas. Ainda bem que tu t'aí, Terezinha!

TEREZINHA — Eu até que num fiz nada...

ROMANA — Podia ter feito mais mesmo. As banderinhas do terreiro tão uma bela droga.

Chiquinho está para roubar um sanduíche.

ROMANA *(batendo-lhe com a colher na mão)* — Deixa isso aí, capeta!

CHIQUINHO — Me dá um, mãe!

ROMANA — Dá o quê? Num tem quase nada! Vai tudo ficá com fome; mais não tem!

CHIQUINHO — Me dá!

ROMANA — Cala a boca! Me faz um favor, Tereza, me pega aquele tacho que tá la fora.

TEREZINHA — Onde?

ROMANA — Perto do barril de chope!

Terezinha sai apressada.

OTÁVIO — É barril grande ou pequeno?

ROMANA — Pequeno, ué!

OTÁVIO — Num dá pra nada!

ROMANA — O dinheiro que tu me deu dá pra muita coisa...

CHIQUINHO — Me dá, mãe!

ROMANA — Menino, se tu soubesse como me irrita esse teu "me dá", tu saía correndo e num voltava mais!

OTÁVIO (*às voltas com a vitrola*) — Acho que essa droga aqui não tem mais jeito!

ROMANA — Foi-se o dinheiro que tu me deu e ainda tive que pedi emprestado pro Bráulio...

OTÁVIO — Logo pro Bráulio!

ROMANA — Precisava, não é!

OTÁVIO — Bráulio tá mais duro que poste.

ROMANA — Mas deu.

OTÁVIO — Vai ver que era dinheiro do armazém ou do aluguel. Tu não deve pedi mais nada pr'aquele negro. É capaz até de vender as calças pra prestá um favor.

ROMANA — Segunda-feira mesmo eu devolvo...

OTÁVIO — Puxa! Até que enfim!

CHIQUINHO — Consertou?

OTÁVIO — O rádio acho que sim! *(Liga o rádio. Ouve-se a Ave-Maria das seis horas.)* Reza que a fome passa. *(Liga a vitrola.)* Deixa vê a vitrola... *(Começa a tocar A voz do morro.)* Batata!

ROMANA — Até que tu serviu pra alguma coisa!

OTÁVIO *(ouve um pouco, depois desliga a vitrola)* — Chiquinho, tu comprou a Champanhe?

ROMANA — Champanhe?

OTÁVIO — Noivado de meu filho é com Champanhe! *(A Chiquinho:)* Onde é que tu botou?

CHIQUINHO — O quê? *(Entra Terezinha com o tacho.)*

OTÁVIO — A Champanhe!

CHIQUINHO — Eu inda não comprei!

OTÁVIO — Então, que é que tu está esperando, vai comprá! Já te dei o dinheiro.

CHIQUINHO — Pois é, deu!

OTÁVIO — Tu gastou o dinheiro, desgraçado?

CHIQUINHO — Gastá não gastei... Perdi!

TEREZINHA — Perdeu sim, eu vi!

ROMANA — Cala a boca que tu não é mulhé dele!...

OTÁVIO — Tu me dá esse dinheiro, menino, se não!...

CHIQUINHO — Perdi, palavra!

OTÁVIO *(correndo atrás dele)* — Seu safado! Agora é que eu te mostro quanto vale cinco mil cruzeiros. É quase um salário de teu pai, filho da mãe! *(Correm pela sala. Romana também procura acertar Chiquinho.)*

TEREZINHA — Ah! Não bate nele... Não bate nele...

OTÁVIO — Não corre que é pior! Quando eu te pegá eu dou dobrado!

TEREZINHA — Deixa ele, seu Otávio!

ROMANA — Noivado de teu irmão, sem Champanhe... Tu gastou em figurinha, desavergonhado!

CHIQUINHO — Gastei não, mãe, pergunta pra Terezinha!

TEREZINHA — Gastou não, perdeu. Eu vi.

OTÁVIO — Tu viu quando perdeu? Então por que não pegou?

ROMANA *(apanha as figurinhas do chão)* — E tu vai perdê as figurinhas também, seu capeta.

CHIQUINHO *(parando)* — Ah! Me dá mãe!

OTÁVIO *(agarrando-o)* — Te peguei, seu capitalista!

CHIQUINHO — Perdi, juro! *(Safa-se do pai e sai correndo.)*

OTÁVIO *(correndo até a porta)* — Aproveita a corrida e vai pedi mais duas dúzias de cerveja no boteco... E volta logo se não eu te racho!

VOZ DE FORA — Deixa de valentia, ó velho!

OTÁVIO — Vai te metê com tua vida!

TEREZINHA — Não fica com raiva, não, seu Otávio. Ele perdeu!

ROMANA — Deixa de sê mentirosa, menina. É demais! *(Apontando a menina.)* Isso aí pegou paixão por Chiquinho. Daqui a pouco vamo ter outro noivado...

OTÁVIO — Com esse estrepe de meu filho? Tu tá bem arrumada!

TEREZINHA — Que nada! Ele é ainda meio criança!

ROMANA — Criança, eu sei! Criança que faz criança não é mais criança.

Terezinha, com uma risadinha, sai correndo.

ROMANA — Tá louca! Tu reparou? Hoje em dia, essa moçada tá tudo de cabeça virada!...

OTÁVIO — Que é que tu queria, vivendo assim!... Deixa mudá de regime pra tu vê como melhora...

ROMANA — Não começa com tuas ideias, Otávio, pra mim isso é coisa do diabo e tá acabado!

OTÁVIO *(brincalhão)* — Tu tá velha e burra!

ROMANA — Burra, sim... Aguentando o tranco aqui. Tu chega: feijão na mesa. Tu sai: café na caneca. Tu toma banho: camisa lavada. O ordenado não deu? A burra lavou roupa e arranjou a gaita...

OTÁVIO *(brincalhão)* — E vai me dizê que tu é a única!...

ROMANA — Ah! Tu só tem é prosa! Porque leu nos livro. Porque o velho disse, porque o velho falou. Eu sei que se não sou eu a dá murro, nós tava é fazendo o enterro das crianças. Uma já foi!

OTÁVIO *(após breve pausa)* — Devia tá uma moçona!

ROMANA — Era bonita a danada...

OTÁVIO — Sabe uma coisa que eu nunca te disse? Tu é valente toda vida minha velha!...

ROMANA — Chorá pra quê? Melhó pra ela. A beleza não durava muito, não. Eu acho que é assim que devia sê. Os filhos deviam morrê antes da mãe!

OTÁVIO — Que é isso, velha!

ROMANA — Ora se devia! A mãe devia cuidá dos filhos desde a hora deles enxergá o mundo, até a hora deles dizê adeus. Nas horas de aperto todo mundo berra: "mamãe!" — na hora de morrê quase nunca ela tá perto. Eu tive perto de Jandira; ela morreu sorrindo; era noite de São João...

OTÁVIO (abraçando a velha) — E hoje é o noivado do garoto... Nada de cara triste... Cadê ele, hein?

ROMANA — Tomando banho na casa do Eduardo!...

OTÁVIO — Deixa eu dá uma beliscada.

ROMANA — Larga isso, homem!...

OTÁVIO — Sabe, eu acho que ele vai se dá bem com Maria!

ROMANA — Ela é muito boazinha... Tu sabia que ela é diplomada?

OTÁVIO — Não.

ROMANA — Sim senhor! Diplomada em corte e costura. Ganhou até prêmio!

OTÁVIO — Já é uma profissão. (Belisca mais um sanduíche...)

ROMANA — Otávio!... Não sobra nada!

OTÁVIO — Eu às vezes fico pensando na situação do Tião. Ele não se sente bem com a gente, não!...

ROMANA — Por quê?

OTÁVIO — Ele viveu bem com os padrinho... A mudança foi dura pra ele...

ROMANA — Tião não ia ficá servindo de pajem toda vida, ia?

OTÁVIO — Mas a mudança foi dura... Tião ainda hoje é o tipo do rapaz de cidade, feito pra morá em apartamento...

ROMANA — É melhó do que morá em barraco...

OTÁVIO — Claro! Mas geralmente o sujeito melhora de casa e muda as ideia. O problema de Tião é esse — mora em casa errada! Dando um duro danado a gente se convenceu que melhorá só com muita luta... Tião, não. Ele não quer melhorá, ele quer voltá a ser...

ROMANA — Tu devia é deixá de lê essa livraiada que tu vive lendo. Aposto que não ficava vendo problema onde não tem.

OTÁVIO — O pior é que tem... Mas ele vai sê feliz com Maria...

ROMANA — Estefânia é que não precisou de muita luta pra melhorá de vida! Marido dela era porteiro de um clube grã-fino. Muito puxa-saco, esperto que nem ele só, arrumou dinheiro emprestado e alugou apartamento. Fizeram rendez-vous, tá bem?! Agora já compraram apartamento; o marido deixou a portaria e trabalha no escritório do clube. E é respei-tado. Tudo quanto é sócio é freguês do rendez-vous. Tem to-dos eles na mão... Tão felizes, contentes... e sem muita luta, seu Otávio!...

OTÁVIO — Deixa isso, vamos embora, rápido!

ROMANA — Pra onde, seu louco!

OTÁVIO — Montá um rendez-vous!

ROMANA — Cruz-credo, Ave-Maria, sai pra lá!

OTÁVIO (abraçando-a) — Melhorá mesmo, só com muita luta, D. Romana!

TEREZINHA (fora) — Viva a noiva, viva a noiva!

MARIA (entrando) — Boa noite, meus sogros!...

OTÁVIO — Pensei que não vinha!...

MARIA — Pedi pra saí mais cedo da oficina mas não houve jeito!...

OTÁVIO — Olha só, Romana. Até que se eu fosse mais moço...

ROMANA — Eu te dava com o martelo na cabeça, velho sem-vergonha! *(Para Maria)* Ah! Maria, que trabalhão... Tá tudo ainda uma desordem... E lava a roupa, e faz comida, e ajeita bandeirinha e faz sanduíche...

MARIA — Imagino!... Eu queria ajudá, mas a madame não quis sabê de me deixá saí...

ROMANA — Ah! Já tou acostumada. Trabalho é bom.

OTÁVIO — E sua mãe como vai?

MARIA — Na mesma, coitada. Muitas dores, não pode nem mais sentar. Tá tão triste, queria que a festa fosse lá...

ROMANA — Pena que ela não possa vir!...

MARIA — O João vem representá a família. Ela disse pro senhor ir lá em casa; tá doida por uma prosa. E é melhó ir depressa, porque do jeito que vai daqui a um mês ela não pode mais falá...

ROMANA — É, tá no fim mesmo!...

OTÁVIO *(repreendendo-a)* — Que nada, Romana! Isso trata!

ROMANA — Isso!? Desculpe, menina, mais isso não tem cura, não. Nem pai de santo adianta mais. Olha, dou mais três meses e olhe lá... E é melhó, hein!... Mais tempo sofre mais!

OTÁVIO — Tirou o dia pra dizê bobagem!

ROMANA — É a verdade, e da verdade ninguém escapa, meu nego. E depois, cadeia foi feita pra ladrão, caixão pra defunto. Pra que ficá enganando os outros? É o fim mesmo. É ou não é minha filha?

MARIA — Tá na mão de Deus!

ROMANA — E depois é um dinheirão em remédio!

OTÁVIO — Não há de ser nada, não. Tem muito tempo pela frente. E eu ainda vou prosá muito com a velha!...

TEREZINHA *(fora)* — Viva o noivo! Viva o noivo!

ROMANA — Tamo até com porteiro anunciador!...

TIÃO *(entrando)* — Minha santa! A mulher mais feliz do mundo. Fica noiva do rapaz mais bacana da Leopoldina. *(Passa a mão pelo cabelo.)* Manja só a cabeleira. *(Abraça Maria.)* Tá bonita, mulher! Como é, mãe... E as comida?

ROMANA — Perto do teu pai, diminuindo!

OTÁVIO — É intriga. Teu irmão é que tava comendo o tempo todo...

TIÃO *(beliscando no prato)* — O noivo tem direito. Bem, gente... Hoje é meu dia... Já ganhei presente de noivado...

ROMANA — Saiu o aumento?

OTÁVIO — Que aumento! Sem greve não sai aumento!

ROMANA *(repreendendo-o)* — Otávio!..

TIÃO — Aumento nada... Tive minha chance no cinema!...

ROMANA — Como é que é?

OTÁVIO — Explica isso!

MARIA — Cinema?

TIÃO — Cinema, cinema. Vistavisão, Cinemascope e outras vigarice... Cinema!...

ROMANA — Ah, vai tomá banho!

OTÁVIO — Explica isso!

TIÃO — Muito simples. Tou calmamente vindo pra casa quando eu vejo um monte de gente, polícia... Não tava com pinta de ser desastre... Fui espiar não é... Fura aqui, fura ali, cheguei perto das cordas de isolamento... Era uma filmagem! Uma porção de artista, uns cara correndo de lá pra cá, o diretô da fita de boina na cabeça... De repente, o cara de boina me chama... Eu fui, né... Ele mandou eu andá na frente da máquina e dizer: "Que beleza". E eu disse.

MARIA — E depois?

TIÃO — Depois ele filmou. Eu andei de novo e repeti: "Que beleza".

ROMANA — E quanto tu ganhou?

OTÁVIO — Parece gringo!

TIÃO — O que eu ganhei? *(Tira um cartão do bolso:)* Esse cartão! — Cineasta-Antônio Di Rocca — Escritório, Av. Getúlio Vargas...

ROMANA — Deus faça que esteja em bom lugar!

TIÃO — 1.058. Tá bom?

MARIA — Mas do que adianta?

TIÃO — Meu amor, do que adianta? O homem achou que eu tenho panca pro troço. Mandou eu aparecer por lá pra acertá novos detalhes!

OTÁVIO — Não sei, não.

TIÃO — É fato minha gente! Tiãozinho diretamente da Leopoldina para a Cinelândia. *(Cantarola música de jornal da tela e teatralmente para Maria.)* Desde que te vi meu coração ficou partido, minha alma cheia de fogo, agora te abraço e me redimo dos meus pecados. Zi endi! Que tal?!

ROMANA — Minha filha deixa esse Tirone Pover aí e me ajuda a levar esses pratos lá pra fora. O pessoal deve tá chegando.

TIÃO — Caçoa, caçoa que não te dou entrada de graça!

MARIA — Até que seria bom, hein!

TIÃO — Seria não, minha nega, vai sê! *(Saem as duas levando os pratos.)*

OTÁVIO — É sério isso?

TIÃO — Ora se é, tá aqui o cartão!

OTÁVIO *(lendo)* — Di Rocca. Brasileiro 100%.

TIÃO — Diretor de cinema e estrangeiro por luxo. Seu filho, meu pai, tá de caminho feito. O que é que diz aí a vanguarda esclarecida?

OTÁVIO — Que tá tudo podre e que é preciso dá um jeito, isso, é que devia dizê. Mas esses vagabundos de intelectuais ficam discutindo se o velho era um filho da mãe, ou não, se os bigodes atrapalharam ou deixaram de atrapalhar! E aqui continua tudo subindo, ninguém mais pode vivê, e eles discutindo se o velho era personalista ou não! Que vão tomá banho!

TIÃO — Tem uma nota sobre a greve na primeira página!...

OTÁVIO — Se até as oito horas da noite não derem o aumento, greve geral na metalúrgica!

TIÃO — Ninguém tem peito, pai!

OTÁVIO — Como não tem peito? Tá esquecido do ano passado?

TIÃO — Eu não tava lá.

OTÁVIO — Mas eu estava! Deram o aumento ou não deram?

TIÃO — Deram parte do aumento, parte! E mesmo assim porque todas as categorias aderiram! Mas aguentá o tranco sozinho, ninguém.

OTÁVIO — Espera só a assembleia de hoje e vai ver se tem peito ou não! Eu tinha avisado, hein! O ano passado entramos em acordo com o patrão e foi o que se viu. Agora, aprenderam.

TIÃO — E por que entraram em acordo?

OTÁVIO — Porque parte da comissão amoleceu...

TIÃO — Tá vendo, t'aí! Se, em greve de conjunto metade da turma amoleceu...

OTÁVIO — Metade da turma não senhor! Metade da comissão.

TIÃO — E então?

OTÁVIO — E então, o quê? Eram pelegos! A turma topava mas tinha meia dúzia deles que eram pelegos. A turma topava, os pelegos deram pra trás.

TIÃO — Não, pai. Pro senhor, quem não pensa como o senhor é pelego...

OTÁVIO — Nada disso! Eram pelegos no duro. T'aí a prova: tá tudo bem-arrumado na fábrica. Tudo chefe e fiscal. O que é isso? Peleguismo, traidores da classe operária...

TIÃO — Então metade da turma lá da fábrica é pelego, porque tá tudo com medo da greve!

OTÁVIO *(furioso)* — Não diz besteira, seu idiota! A turma que t'aí é a mesma turma que fez greve o ano passado e que aguentou tropa de choque em 51...

TIÃO — E por isso mesmo 'tão cansados e não querem sabê de arriscá o emprego...

OTÁVIO — Tu tá discutindo como um safado!... Pois fica sabendo que lá tem operário e não menino-família pra medrá.

ROMANA *(entrando)* — Não grita tanto homem! Só vive discutindo política! *(Pega mais sanduíches e sai.)*

OTÁVIO *(baixando a voz)* — Tu vai me dizê com o resultado da assembleia de hoje! *(Pausa.)*

TIÃO — Os pelego que furaram a greve o ano passado tão bem de vida, é?

OTÁVIO — Depende do que tu chama de bem de vida. Pra mim eles estão na merda, merda moral que é pior! Se venderam, né!

TIÃO — É! *(Pausa.)* Eu queria casá daqui a um mês, pai!

OTÁVIO — Bom!

TIÃO — O senhor gosta de Maria, não é, pai?

OTÁVIO — Pode ser uma boa companheira!

TIÃO — Ela é diplomada, sabia?

OTÁVIO — Tua mãe me disse... Que é que tem isso? Diploma não vale nada. Esse governo que t'aí é tudo diplomado! Analfabeta mas honesta, mal-educada, falando errado mas com... com aquele *(procurando)*, aquele treco que só a gente tem aqui dentro *(bate no peito)*. Essa é a mulhé que eu queria pra meu filho...

TIÃO — Além de tudo, ela tem esse... treco, pai!

OTÁVIO — Sei não. Tu parece que não tem...

TIÃO — Por quê?

OTÁVIO — Tu tem medo...

TIÃO — De quê?

OTÁVIO — Uma porção de medos... Um é de perdê o emprego.

TIÃO — Não é medo...

OTÁVIO — Então por que tu foi vê se arrumava emprego no escritório da fábrica?

TIÃO — Ganha mais.

OTÁVIO — Tu também procurou na farmácia do Dalmo... lá ganha menos...

TIÃO — Foi só pra ter uma ideia...

OTÁVIO — Sinceramente?

TIÃO — Não tenho nada pra escondê!...

OTÁVIO — Tu acha que aguenta as luta da fábrica sem medo!...

TIÃO — Se os outros aguentá.

OTÁVIO — Se não aguentasse?

TIÃO — O senhor acha que a turma vai topá a greve?

OTÁVIO — A assembleia é hoje à noite. Bráulio tá lá, ele vem com as novidade... t'aí um que tem esse tal treco... Emprestou dinheiro pra nós... É capaz de vender as calças pra prestá um favor...

TIÃO — Tem poucos assim!

OTÁVIO — Engano.

TIÃO — Ninguém vale nada, pai!

OTÁVIO — Como você tem medo!

TIÃO *(irritado)* — Mas medo de que, bolas!

OTÁVIO *(imperturbável)* — De ser pobre... da vida da gente!

TIÃO *(com um gesto de quem afasta os pensamentos)* — Ah! Tou é nervoso... tou apaixonado, pai... Não liga, não!

Entram Chiquinho e Terezinha.

TEREZINHA — O pessoá tá chegando!

OTÁVIO *(a Chiquinho)* — Tu comprou as cervejas, seu estrepe?

CHIQUINHO — Duas dúzias, pai! Né, Tezinha?

TEREZINHA — Comprou sim, seu Otávio, eu vi!

Entram Romana, João e Maria.

ROMANA — T'aí o genro, Otávio. Olha só que pratão de doce que ele comprou...

OTÁVIO — Pra que se incomodá, seu João!...

JOÃO — Deixa pra lá... Como é que é, Tião...

TIÃO — Tudo bom...

ROMANA — Mas vamo sentá, João, uai! Cadeira só uma, mas tem caixote!

João e Maria sentam-se nos caixotes, a cadeira fica vazia.

OTÁVIO — Vamo então dá a partida. Tenho uma caninha aí que é um regalo. Vamo vê?

JOÃO — É, uma caninha vai bem!

VOZ DE MULHER DE FORA — Romana, ó Romana!

ROMANA — É a Eulália, já vai pedi coisa! *(Alto:)* Já tô indo, sua chata! *(Sai. Chiquinho e Terezinha acompanham. Os homens bebem.)*

JOÃO — É boa.

TIÃO — Paulista.

JOÃO — O pessoá tá atrasado.

OTÁVIO — Vem tudo junto. Se entrá a vizinhança é que vão sê elas!

JOÃO — Vê lá o Carmelo, hein!

OTÁVIO — Esse se entrá sai a tiro!

TIÃO — Moleque arruaceiro.

JOÃO — Um cara desses devia tá em cana!

OTÁVIO — Dedo-duro da polícia lá vai em cana?! Tem até regalia!

ROMANA *(entra esbaforida)* — Mais um pra sofrê! A Cândida do 36 vai dá à luz!...

OTÁVIO — O morro tá em festa, hoje...

ROMANA — Qual festa! A mulhé tá berrando que nem uma bezerra. Pra mim é mais que um. Aquilo é gêmeo no mínimo!

JOÃO — Então isso não é motivo pra festa, D. Romana?

ROMANA — Pra tu pode sê, que não vai tê que sustentá... Eu sou que nem japonês: morreu faz festa, nasceu desata a chorá!

JOÃO — Assim, também não...

MARIA — Ela tá precisando de ajuda.

ROMANA — O mulherio tá todo lá. E depois, eu ensinei uma simpatia que é tiro e queda. Num dou mais duas horas e os bichinhos vão nascê que nem rolha de champanhe!

OTÁVIO — Chamaram a parteira?

ROMANA — Já! Mas não era preciso, não.

OTÁVIO — Romana, tu não entende do negócio. Fica inventando moda, é capaz de complicá a mulhé...

ROMANA — Ora, te aquieta, Otávio...

JOÃO — Eu acredito em simpatia. Meu tio uma vez...

    Entram com estardalhaço: Jesuíno, Dalva e dois casais.

JESUÍNO — Música pessoá que nós chegamo!

OTÁVIO — Ora viva, pensei que tivessem ficado em outra festa pelo caminho!

ROMANA — Seu frajola, descarado! Óia só, faz a gente esperá mais de mês e depois aparece com a cara limpa, limpa...

JESUÍNO — Dá cá um abraço, minha velha! *(Para seu Otávio:)* Como é, seu Otávio, tem música ou não tem?

DALVA — Palmas pros noivos!

    Todos batem palmas; abraçam-se, cumprimentando Tião e Maria.

OTÁVIO — Vamos ficando a gosto, minha gente. A casa é de pobre mais é nossa!

ROMANA *(gritando para fora)* — Chiquinho e Terezinha! Vão preparando os copo que a turma já vai entrá no chope...

TEREZINHA *(de fora)* — Já tamo preparando!

OTÁVIO *(indo à vitrola)* — Dei um duro danado consertando essa droga, vamo vê se não desmerece.

ROMANA — Pro que é emprestado tudo serve!

JESUÍNO — Falô a véia de ouro!

ROMANA *(rindo)* — Dá mais um abraço, moleque sem-vergonha! *(Abraçam-se.)*

CHIQUINHO *(entra com Terezinha)* — Olha o chope! *(Começa a música.)*

OTÁVIO — Funcionou!

JESUÍNO *(chamando)* — Darvinha!

DALVA *(pulando pra Jesuíno)* — Tô aqui!

JESUÍNO — Vamo mostrá como se dança!

> *Dançam agarradinhos, passos de gafieira.*

OTÁVIO — Olha lá que eu sou mestre-sala!

TIÃO — Maria, não vamos deixá eles passá na nossa frente não, gruda aqui!

> *Dançam também, os outros riem. Otávio vai de par em par separando os que estão muito juntos.*

OTÁVIO — Não escracha que essa gafieira é de respeito!

> *Chiquinho e Terezinha entram na dança.*

ROMANA *(apontando)* — Óia só esses dois!

JESUÍNO — Trocá de par!

> *Jesuíno pega Maria.*

TIÃO — Vamo nóis, Darvinha!

TEREZINHA — Cuidado, Maria!

CHIQUINHO — Zuíno, tão te passando pra trás!

OTÁVIO — Logo agora que ele vai trabalhá no cinema, tu precisa tomá cuidado, se não te passam pra trás mesmo, Maria!

DALVA — O quê? O Tião também vai trabalhá no cinema?

ROMANA — Chegou todo prosa, minha filha.

JOÃO — Até que enfim vou ter parente rico!

DALVA *(espantada)* — O Jesuíno também vai. Prosa táva ele...

JESUÍNO — Trocá de par! *(Trocam novamente.)*

TIÃO *(contrariado)* — Tu também, Jesuíno?

JESUÍNO — Uai! Sou mais feio que tu por acaso?

DALVA — Ele tá de encontro marcado com um cineasta! Um italiano!

OTÁVIO — Que nem o cara que falou com o Tião! Só dá estrangeiro.

JESUÍNO *(parando de dançar, no que é acompanhado por Tião)* — Tá aqui, Antonio Di Rocca!

TIÃO — É o meu, ora!

JESUÍNO — Não! Esse é o meu.

DALVA — Então, estão os dois!

OTÁVIO — Parece, não é? O cartão é o mesmo!

TIÃO — Pois é! Tu encontrou o homem na rua, não foi?

DALVA — Que nada, ele foi na fábrica procurá o Jesuíno.

TIÃO — No duro, é?

DALVA — Foi sim!

ROMANA — Cinema sim, eu sei. Isso é conto do vigário!

JESUÍNO — Conto nada, D. Romana. O homem até me perguntou se eu não conhecia um tal de Sebastião... Eu não me lembrei do Tião, pensei que fosse outro...

TIÃO *(irritadíssimo)* — Devia ser outro. Porque eu encontrei o homem na rua. Disse "que beleza" na frente da máquina e ele marcou encontro comigo... Ele não me conhecia antes...

JESUÍNO — Mas você não disse pra ele que trabalhava na fábrica?

TIÃO — Disse.

JESUÍNO — Então foi isso!

TEREZINHA — Arranja lugá pra mim no filme?

JESUÍNO — Tu queima qualquer fita!...

CHIQUINHO — Queima nada!...

JESUÍNO — Perdão, eu tava só brincando!...

MARIA *(que se mantivera séria ouvindo)* — Puxa, que coincidência, não é?

JESUÍNO — Parece até mentira!

TIÃO *(rindo amarelo)* — Parece mesmo! *(Mudando logo.)* Mas como é que é? Vamo animá isso ou não vamo? *(Recomeça a música.)*

ROMANA — Quem quiser dançar é melhó ir pro terreiro, lá tem mais espaço!

OTÁVIO — O pior é que não tem muita luz!...

JESUÍNO — Que é isso, compadre. Pior não, melhor!

DALVA — Faz de conta que é "boite" *(pronuncia como está escrito)*.

ROMANA — É, "boite" de pobre só pode ser terreiro escuro!

TIÃO — O chope tá lá fora é só ir servindo.

TEREZINHA — E o pedido?

MARIA — Já não, pera aí!

TEREZINHA — Mas vai tê pedido?

JESUÍNO — Vamo lá Tião, te anima!

TIÃO — 'Tá cedo ainda!

ROMANA — Mete os peitos, rapaz!

OTÁVIO — O pior é que não tem nada melhó pra beber. O Chiquinho quebrou a garrafa de champanhe!

CHIQUINHO — Eu perdi, pai, palavra! *(Leva um tapa.)*

DALVA — Como é que é, Tião!

TIÃO *(a Maria)* — Vamo?

MARIA — Vamo! *(Todos se reúnem em volta da mesa.)*

TIÃO *(em meio a um grande silêncio)* — Bem... hum... seu João. Eu conheci Maria, gostei... e quero casá... porque gosto dela, e ela de mim... É só. *(Palmas.)*

JOÃO — Seu Sebastião, eu, em nome da famía de Maria, em nome de nossa mãe que doente não pode está aqui, eu quero dizê pra todos que é com alegria e sastifação que nós te recebemos na famía, fazendo o único pedido que tu faça a Maria feliz! E que esteja tudo na graça de Deus!

DALVA *(enquanto todos batem palmas)* — Muito bem, assim é que é!

JESUÍNO — Um viva pros noivos!

TODOS — Viva!...

OTÁVIO — E com cachaça mesmo! *(Serve cálices.)* Aos nossos filhos! Ao futuro casamento e à Libertação do Brasil!

ROMANA — Otávio!

CHIQUINHO — Pro terreiro pessoá, tem chope!

TEREZINHA — Vamos pra "boite"!

> *Saem todos menos Romana, Jesuíno e Tião.*

ROMANA — Liga o bichinho ali, Tião!

> *Tião liga a vitrola. De fora vêm risadas. Romana vai ao outro quarto.*

JESUÍNO — Tu quer mesmo é cartaz, hein, vagabundo?

TIÃO — Cartaz, por quê?

JESUÍNO — O negócio do filme.

TIÃO — Onde tu encontrou o cartão?

JESUÍNO — Onde tu encontrou também. Na subida do morro. Tinha uma porção, tudo esparramado!

TIÃO — Não fica te fazendo de besta que tu também inventou uma história *(Pausa — Romana atravessa a cena, cantarolando, dirigindo-se ao terreiro).*

JESUÍNO — Não foi pra me mostrá, não. Foi pra Dalvinha tê mais coisa comigo, me achá mais bacana. Tu sabe como é mulhé. Elas sim só querem cartaz!

TIÃO — Eu inventei essa história por causa dos velhos. Eles ficaram contentes.

JESUÍNO — Tua mãe achou vigarismo...

TIÃO — Da boca pra fora. No fundo 'tá se babando! E o pai então? Fingiu que não ligou, mas ficou todo bobo. Pra eles é bom, têm a impressão que a gente pode subi mesmo na vida. E isso bem que podia tê acontecido mesmo...

JESUÍNO — Ah! Lá isso podia...

TIÃO — Com franqueza, velho... Me dá uma secura de saí daqui!

JESUÍNO — Sim, e ir pra onde... ?

TIÃO — Embora! Não te enche essa vida, não? Trabalha, trabalha.. e sempre lutando... E pra quê?

JESUÍNO — É o jeito, é se virá... Escuta, tu não tá topando muito a greve não, não é?

TIÃO — Deixa isso pra lá, amanhã a gente conversa.

JESUÍNO — Essa greve dá bode rapaz!

TIÃO — Deixa, deixa... Vamo lá pra fora...

CHIQUINHO *(na porta)* — Com'é Tião, Maria tá lá fora sozinha.

TIÃO — Tô indo, tô indo... *(Balbúrdia na porta — entram todos com Bráulio.)*

MARIA — Chegou o Bráulio. 'Tá com notícias da fábrica!

OTÁVIO *(dando a cadeira a Bráulio)* — Senta, homem, tá cuspindo o pulmão!

BRÁULIO *(arfando)* — Êta subidinha braba!

ROMANA — E eu que subo isso umas quatro vezes por dia!

BRÁULIO — A senhora é de ferro, D. Romana. O nego não tem os purmões lá muito em dia, não!

OTÁVIO — Boa a Assembleia?

BRÁULIO — 'Tava.

MARIA — O que resolveu?

BRÁULIO — Pera aí, deixa eu acalmá o ar!

VOZ DE FORA — Romana, ó Romana!

ROMANA — Ô! Gente chata! *(Sai.)*

OTÁVIO — Nossa turma 'tava toda lá?

BRÁULIO — Só faltou você *(continua arfando e enxugando o suor com o lenço).*

OTÁVIO — Tu vai bebê uma caninha da boa. Se ainda deixaram pra esse negro. *(Serve pinga.)*

BRÁULIO — Pouquinho, Otávio, pouquinho! *(Beberica um pouco.)* Bem, minha gente, segunda-feira greve geral! *(Silêncio.)*

OTÁVIO *(triunfante, olhando para Tião:)* Eu não falei? A turma é do barulho!

TIÃO *(sério, abraça Maria)* — Tinha muita gente lá?

BRÁULIO — Tinha, tinha... A turma do sindicato 'tava toda...

OTÁVIO — Já tem gente aderindo?

BRÁULIO — Por enquanto é muito cedo... Não, o negócio não vai ser sopa. Segunda-feira, cedinho, vamo se concentrá na porta da empresa. Vão querê obrigá a gente entrá, mas nós não entra!

TIÃO *(rígido)* — Não vai ser sopa!

OTÁVIO — Não é a primeira que a gente faz!

Silêncio, Bráulio beberica.

TEREZINHA — Dança comigo seu Otávio?

OTÁVIO — Danço sim! *(Brincalhão a Chiquinho:)* Não adianta me olhá feio...

CHIQUINHO — Pai, eu perdi o dinheiro, num joguei, não!

OTÁVIO — Tá bom, vai...

TEREZINHA — Vamo dançá no terreiro! *(Saem. O samba na vitrola aumenta devagarinho. Sebastião continua estático abraçando Maria que o olha preocupada. Bráulio beberica...)*

BRÁULIO — Dá cá um aperto de mão *(Maria e Tião seguram as mãos de Bráulio)*. Felicidades pra vocês... Quando é que casam?

TIÃO — Daqui um mês, eu queria... daqui um mês...

Pausa, o samba aumenta.

ROMANA *(que começa a gritar de fora irrompe aos berros)* — Eu falei! Nasceu, nasceu! Gêmeos. A Cândida teve gêmeos... Minha simpatia não falha! Pessoal a festa muda pro 36, a Cândida teve gêmeos!...

FIM DO PRIMEIRO ATO

Ato II

(Mesmo cenário. Domingo de manhã. Romana ocupa-se com a casa. Chiquinho zanzando pelo barraco. Tião na porta do barraco absorto em seus pensamentos.)

QUADRO I

ROMANA — O que estraga é que homem não pode vê festa sem bebê. Teu pai sabe que não pode bebê e já tava de cara cheia...

CHIQUINHO — Gozei foi com o porre do Mauro. Levou um bruta tombo na descida... Rasgou a calça...

ROMANA — Aproveita o exemplo, Chiquinho... Quando tu fô a festa, bebe, mas não mistura...

CHIQUINHO — Eu misturei e não aconteceu nada...

ROMANA — Tu deixa de saliência, garoto... Não aconteceu nada... Todo mole dormindo no colo da Tereza. Se tu tivesse bom ia levá uns tapa.

CHIQUINHO — Dormi foi de sono, não foi de porre!

ROMANA — O Bráulio é que é duro na queda... Tá com os purmão arrebentando, mas bebe bem...

CHIQUINHO — Gozado o jeito dele... Um pouquinho, só um pouquinho... E vai engolindo... *(Pega um Gibi e senta-se.)*

ROMANA — E a Cândida, coitada, quase morrendo, com a casa cheia de bêbado... Tu viu, Tião? Uma porção de bêbado em volta dos gêmeos: "Que bonitinho!" — Até bêbado esses caras não têm franqueza. *(Pausa.)* Não sei por que essa mania de achá criança recém-nascida bonita. É feio que dói! E se puxaram a mãe vão ser mais feio ainda!... Ei, Tião, tá me ouvindo...

TIÃO — Hum!?

ROMANA — Tô falando contigo...

TIÃO — Sei...

ROMANA — Sabe o quê? Tá ficando louco?

TIÃO — Tô pensando...

ROMANA — Na morte da bezerra?

TIÃO — Em como seria bom viajá. Pegava um avião e zuuuuuum! Ia embora. Tomava café aqui, almoçava na Bahia... Jantava no México... Dormia no Japão... Eu e Maria... Já imaginou se Maria fosse japonesa que gozado?

ROMANA — Tá de porre ainda...

TIÃO — Tou não!...

ROMANA — Mas que ontem tu tava, tava.

TIÃO — Um pouquinho...

ROMANA — Pouquinho muito... Sorte que teu pai também tava, senão ia saí muita discussão... O que tu disse pra ele não se diz.

TIÃO — O que foi que eu disse?

ROMANA — Então tu não lembra?

TIÃO — Palavra que não.

ROMANA — Ainda bem...

TIÃO — O que foi que eu disse?

ROMANA — Um monte de ingratidão... Que o culpado da tua vida era teu pai... Que a gente devia tê te deixado com teus padrinhos... Que se tu tivesse na cidade, Maria não ia precisá continuá trabalhando e um monte de besteira...

TIÃO — Bebedeira!...

ROMANA — É, mas é bêbado que a gente se abre... Eu fiquei cismada.

TIÃO — Não tem motivo mãe...

ROMANA — Só se tu fosse burro poderia querê tê ficado com os teus padrinho...

TIÃO — Isso não... Se não fosse eles eu não tava vivo...

ROMANA — Não faz romance... Cuidei de Jandira, cuidava de tu também...

TIÃO — Com papai na cadeia, a senhora sozinha, duvido muito!

ROMANA — E mesmo se não cuidasse, eles não fizeram coisa melhó... Conheço aquela laia, queriam é pajem pros filhos, um criadinho... E vieram com a conversa de educá você, de fazê você um homem... Então por que não te puseram na escola? Pra te mandarem pro grupo foi um custo... Tu hoje podia tá formado, Tião...

TIÃO — Mas não tô... O que passô, passô!

ROMANA — Mas que tu tá meio enfezado, tá... Que é, é a ressaca?

TIÃO — Preocupação... Tenho que casá no mês que vem...

ROMANA — E casa uai!... Quem resolveu foi tu mesmo, aguenta a mão...

TIÃO — Mas é duro, mãe...

ROMANA — Todo mundo acaba casando. Duro é, mas a gente sempre se vira...

TIÃO — Sabe, mãe, uma coisa que me invoca... É Maria tê de continuá trabalhando depois de casada...

CHIQUINHO *(imperturbável, lendo o Gibi)* — Pensamento burguês...

ROMANA — A conversa não chegô na cozinha... E se tu vive repetindo o que ouve teu pai dizê, vai pará em cana sem sabê por quê... *(A Tião:)* Que é que tem trabalhá? Não mata, não... Olha eu... tô aqui dando duro ano mais ano e ainda não morri.

TIÃO — É!...

ROMANA — Tu tá é precisando de um purgante...

TIÃO — Tô bom...

ROMANA — Tu é outro que não pode bebê...

TEREZINHA *(entra correndo)* — Seu Otávio tá quase brigando no botequim!...

ROMANA — Nossa Senhora, pronto... Esse Otávio!...

TEREZINHA — Tá quase; ainda não tá, não! É por causa da greve. Seu Antônio disse que greve é coisa de vagabundo. Aí, seu Otávio disse que vagabundo era quem ganhava dinheiro com a barriga encostada na caixa. Aí, seu Antônio disse que quem não consegue dinheiro é porque não gosta de trabalhar. Aí seu Otávio disse que seu Antônio era ladrão e "caspitalista". Aí, eles ficaram berrando que não entendi mais nada!...

ROMANA — Isso ainda dá encrenca...

TIÃO — Dá não... Seu Antônio é o português mais de nada que eu já vi.

ROMANA — Vai lá, Tião... Diz pra teu pai criá juízo!...

TIÃO — Tá. Não te preocupa, não. O velho fala, fala, mas acaba em nada... *(Vai saindo:)* Vamo Chico...

CHIQUINHO — Eu fico... *(Tião sai.)* Mãe... a senhora podia me arrumá uns trocado?

ROMANA — Pra quê?

CHIQUINHO — Pra ir ao cinema com Terezinha...

TEREZINHA — Tem filme do Oscarito...

ROMANA — E teu ordenado?

CHIQUINHO — Cabô.

ROMANA — Então vai ao cinema pro mês, pra aprendê não esbanjá!

CHIQUINHO — Esbanjei não... Seu Álvaro é que descontou uns troços que sumiram do armazém.

ROMANA — Tu anda roubando as coisas do Álvaro, seu safado?

TEREZINHA — Cruz-credo, D. Romana, rouba não!

ROMANA — Tu cala a boca anjo da guarda!

CHIQUINHO — Roubei nada, mãe!

ROMANA — Eu vou conversá com ele. Mas fica sabendo, se tu tirou um feijãozinho que for tu vai apanhá tanto que nem sei!

Pega uma trouxa de roupa e sai.

TEREZINHA — Tu roubou?

CHIQUINHO *(assustado)* — O quê?...

TEREZINHA — As coisas do armazém?

CHIQUINHO — Roubá, eu não roubei, não!

TEREZINHA — E por que tu não reclamou com o seu Álvaro? Agora nóis fica sem ir ao cinema!

CHIQUINHO — Adianta nada reclamá... Ele tem de descontá de alguém... desconta de mim!

TEREZINHA — Mas não tá certo!

CHIQUINHO — E depois, eu não roubei, mas deixei roubá!

TEREZINHA — Chiquinho, tu deixou?!

CHIQUINHO — Deixei. Mas não tive culpa, não. Eles me obrigaram...

TEREZINHA — Quem?

CHIQUINHO — A turma do Tuca, aquele moleque sardento que vende amendoim... A turma dele é braba... A Amélia tava cheinha de compra. Tinha três dúzias de fruta, uma porção de chocolate e o uísque do Dr. Pedro. Eu passei perto do Tuca... Eu tava até rindo pra ele não cismá comigo! Mas foi pió, perguntô pruquê eu tava rindo...

TEREZINHA — Eu se fosse tu quebrava a cara dele!

CHIQUINHO — É uma turma de mais de vinte!... Tiraram tudo!

TEREZINHA — Mas tu deixou?

CHIQUINHO — Que jeito? E depois eles foram legais. Me deram fruta e chocolate...

TEREZINHA — E tu devolveu?

CHIQUINHO — Tinham tirado mesmo! As fruta eu comi, o chocolate eu te dei.

TEREZINHA — Aquele chocolate que tu me deu era esse?

CHIQUINHO — Era!

TEREZINHA *(com raiva)* — Tu mente, hein, Chiquinho! Tu não disse que tinha guardado dinheiro só pra me dá chocolate?

CHIQUINHO — Ficô mais bonito, num ficô?

TEREZINHA *(zangada)* — Tu mente muito. *(Pausa.)*

CHIQUINHO — Tezinha, tu gosta de mim?

TEREZINHA — Num sei, não!

CHIQUINHO — Diz que gosta!

TEREZINHA — Tu é muito encrenqueiro, vive apanhando. Não faz nada direito. Depois fala em casá! Casá de que jeito? Pruquê tu não contou a seu Álvaro o que aconteceu com as coisas? Ele não te descontava.

CHIQUINHO — Contá eu contei! Ele não acreditou. Disse que não me mandava embora porque tem bom coração... Mas descontou!

TEREZINHA — Podia ter contado tudo pra seu Otávio, ele dava um jeito!

CHIQUINHO — Ele não ia acreditá. E depois, se acreditasse, ia me chamá de frouxo!

TEREZINHA — Tu foi sim!

CHIQUINHO — Foi o quê?

TEREZINHA — Frouxo, mole! Eu dava um escândalo!

CHIQUINHO — Mulhé pode dá escândalo, homem não! Tem de aguentá calado; malandro não estrila, aguenta a mão!

TEREZINHA — E fica sem dinheiro..

CHIQUINHO — Mas aguenta a mão. *(Pausa.)* Tezinha, se eu pudesse eu te dava tudo!

TEREZINHA — Chocolate roubado!

CHIQUINHO — É gostoso do mesmo jeito!

TEREZINHA — Isso é! *(Ri.)* Sabe o que eu queria, Chiquinho... Os dourado da Igreja... Tu não acha bonito? Aqueles pano branquinho e tudo dourado. Tem cada Nosso Senhor grande.

CHIQUINHO — Eu acho mais bonito terreiro!

TEREZINHA — Não tem nada dourado!

CHIQUINHO — Mas tem fantasia, dança!

TEREZINHA — Mas não tem Nosso Senhor!

CHIQUINHO — Mas tem uma porção de santo!

TEREZINHA — De cabeça pra baixo, e as velas tão grudada no chão, não tão enfiada em castiçá.

CHIQUINHO — Mas tem cantoria, na missa não tem!

TEREZINHA — Como é que não tem? Deixa de sê bobo, tem mais do que em terreiro!

CHIQUINHO — Mais é que não tem!

TEREZINHA — Tem!

CHIQUINHO — Não tem, Tezinha!

TEREZINHA — Tem, tem, tem, tem! Diz que tem, se não, não falo mais com tu!

CHIQUINHO — Ah! Deixa de sê boba!

TEREZINHA — Não falo mais com tu!

CHIQUINHO — Então tem!... Tu não sabe conversá! Quer sempre tê razão... Por isso é que eu gosto da Amélia. Com ela não tem disso, não responde...

TEREZINHA *(indignada)* — Que Amélia?

CHIQUINHO *(rindo)* — A cesta... a cesta de compras...

TEREZINHA — Tu é biruta mesmo, vive dando nome pras coisas!

> *Chiquinho ri. Terezinha ri também... Os dois acabam gargalhando e beijam-se. Entram Romana e Maria.*

ROMANA — Que sem-vergonhice é essa!...

MARIA — Amor, D. Romana!

ROMANA — Amor, eu sei!

TEREZINHA — Não é nada, não. Brincadeira!

CHIQUINHO — Brincadeira? Então tu não gosta de mim?

TEREZINHA — Tu é burro hein, Chiquinho! *(Sai correndo, Chiquinho atrás.)*

MARIA — Que bonitinho!...

ROMANA — Quero vê beleza, quando Tezinha ficá de barriga grande.

MARIA — Que nada, D. Romana!

ROMANA — Que nada? Conheço o mundo, nega... Vocês vê tudo cor-de-rosa. Eu não. Vejo ali, na batata. O que é, é. *(Pausa.)*

MARIA — Tião demora?

ROMANA — Daqui a pouco tá aqui! Mas fala com ele, viu... Fala mesmo... Se tu tá com cisma, o melhó é franqueza...

MARIA — Mas a senhora não achou que ele tava esquisito?

ROMANA — Preocupado... Noivado, casamento, greve... bebedeira! Isso passa.

MARIA — Eu chego até a pensá que ele é capaz de furá a greve!

ROMANA — Tião? Deixa disso... Tião é filho de Otávio, o maior greveiro carioca... Mas por quê?

MARIA — Fala em greve, Tião emburra... Ontem ele tava meio tonto, disse uma porção de coisa, que isso não é vida... Que fazê greve todo o ano não dá futuro pra ninguém... Que a gente nunca ia tê sossego!... Ele tá com medo que a greve não dê certo e que seu Otávio, ele e o resto da turma perca o emprego...

ROMANA — Bobagem!... E depois, as greve que Otávio se meteu sempre deu certo... Tião tá é bêbado... Mas fala com ele... melhó é franqueza... Se ele tivé com vontade de fazê bobagem tu pode até aconselhá...

61

MARIA — É sim!

ROMANA — Tião fura a greve nada!... Tião é operário, pode tê suas esquisitice, mas não foi feito pra adulá patrão...

MARIA — A senhora tem razão...

JESUÍNO *(entrando)* — Opa!...

ROMANA — Entra bêbado sem-vergonha... Tu é escandaloso hein, peste?

JESUÍNO — Té que nem!

ROMANA — Tu soltou palavrão que não foi vida.

JESUÍNO — Costume!... Com'é, noiva!... Cadê Tião?

ROMANA — Foi tirá Otávio de uma confusão... Daqui a pouco t'aqui...

JESUÍNO — Contente, moça?

MARIA — E não é pra tá?

JESUÍNO — Tu é quem sabe!

MARIA — Tô sim...

JESUÍNO — Assim é que é!...

ROMANA — Então, amanhã ocês tão de greve...

JESUÍNO — Pois é, mais uma...

ROMANA — Mais alguns cruzeiros...

JESUÍNO — É preciso!... Seu Otávio deve tá com a louca!

ROMANA — Nem me fala... Só isso que me dá medo... Otávio é estourado pra esses negócios...

JESUÍNO — Vai dá tudo bem.

MARIA — Eu vou indo, D. Romana... Mamãe tá sozinha!

ROMANA — Não vai esperá Tião?

MARIA — Encontro no caminho...

ROMANA — Então aproveita e me ajuda com essa roupa lá pra fora! Senta, Zuíno. Fica à vontade.

JESUÍNO *(a Maria)* — Encontrando Tião, diz que tô aqui...

MARIA — Tá bem... *(Saem.)*

> *Jesuíno fica só. Assobiando um samba, vai até o fogão, serve-se de café. Examina os móveis, abre uma gaveta. Encontra um papel, lê e cai na gargalhada...*

ROMANA *(fora)* — E teu pai?

TIÃO — Não houve nada, não. Ele foi procurá o Bráulio.

TIÃO *(entrando)* — Tá rindo sozinho!

JESUÍNO — Disso aqui! Tu é poeta, é Tião?!.

TIÃO — Larga isso, metido!

JESUÍNO — Tião, tu apaixonado é a coisa mais gozada que eu já vi!...

TIÃO — Tu precisa perdê essa mania de xeretá o que não é da tua conta...

> *Com raiva, rasga o poema.*

JESUÍNO — Cuidado, Tião! A gente não pode ficá muito caído por mulhé, não! Mulhé gosta é de dureza... Olha a Dalva... Se eu fosse muito babão ela já tinha me botado pra trás... E olha que sou bom de cama!

TIÃO — Deixa de prosa!... Tu foi vê o Carlos?

JESUÍNO — Fui, mas não encontrei. Foi pra Petrópolis. Falei com o irmão!

TIÃO — E daí?

JESUÍNO — Se a greve gorá, eles despedem os cabeça. Se não gorá...

TIÃO — E do nosso caso?

JESUÍNO — Só o Carlos pode resolvê... Amanhã ele tá aí. É mais que certo. Se não conseguir emprego no escritório, vai pra chefe de turma. Dez mil a mais!

TIÃO — Já melhora... E sem greve!

JESUÍNO — A condição é essa. Ficá do lado deles, e vigiá o movimento do pessoá!...

TIÃO — Espião!...

JESUÍNO — Espião, nada! Auxiliar de gerência...

TIÃO — Mas é o jeito... Esse negócio não dá futuro, Jesuíno... Greve! Greve! E daí? A turma fez greve o ano passado, já tá em outra... e assim por diante. Tu consegue um aumento numa greve, eles aumentam o produto, condução, comida, tudo!... Tu tá sempre com a corda no pescoço...

JESUÍNO — O jeito é o cara se defendê como pode!...

TIÃO — Sabe, Zuíno. Maria vai tê um filho meu.

JESUÍNO — O quê?

TIÃO — Maria vai tê um filho meu!

JESUÍNO — Tá brincando!...

TIÃO — Ia brincá? Preciso casá no mês que vem... E te juro pela alma de minha mãe que eu caso com Maria e não faço ela passá necessidade. O negócio é conseguí gente com boas relação... Daí é subi...

JESUÍNO — Tem um porém...

TIÃO — Qual?

JESUÍNO — Se a greve der certo, o pessoá vai xingá a gente de tudo quanto é nome!

TIÃO — Quem tem de sustentá mulhé sou eu, não eles! Problema é meu, não deles! Que fiquem por aí com suas greve, eu não sou trouxa. Já imaginou, Zuíno... A gente entra pro escritório, faz um curso de qualqué coisa, sai da fábrica e arruma a vida...

JESUÍNO — Não é tão fácil, não...

TIÃO — Precisa dá duro! É muito mais inteligente do que ficá fazendo greve por três mil cruzeiro...

JESUÍNO — Vou sê franco contigo, o desprezo do pessoá me mete medo.

TIÃO — Que desprezem! Amizade deles não me ajeita na vida!

JESUÍNO — É essa mania... Chamam logo de traidô, pelego...

TIÃO — Traidô, nada! Greve é a defesa de um direito, nós não qué usá esse direito e tá acabado. Cada um resolve seus galhos como pode.

JESUÍNO — A gente pensa assim, eles não. É um pessoá teimoso!

TIÃO — Não, velho, tô resolvido. Vou casá e vou tê a vida que eu quero tê. Vida de morro estraga qualqué amô!

JESUÍNO — Então, tu tá resolvido a saí daqui?

TIÃO — Se a greve der certo, é o jeito. Mas duvido. Ninguém aderiu, a turma tá sozinha, vai gorá. Se gorá fico mais um pouco. Tô em negócio com um barraco. Fico por lá até arranjá pouso na cidade.

JESUÍNO — Sabe, Tião. Eu acho que tu não pensô direito nas consequência disso!

TIÃO — Só vivo pensando nisso, Zuíno. Tô resolvido...

JESUÍNO — O negócio, Tião, é ter uma chance "batata"! O que a gente tem é promessa do gerente. O escritório não tá lá muito certo e o aumento é só de pouco...

TIÃO — Enquanto não tivé outra chance, essa é a melhó! Como tá não pode ficá. Isso é vida de cão!

JESUÍNO — Sabe, outro dia, o "Grã-Fino" veio falá comigo. Conversa vai, conversa vem, me elogiô, disse que eu tenho panca, etc. e tal. Resultado, me convidô pra turma dele.

TIÃO — E tu?

JESUÍNO — Eu não disse nem que sim, nem que não!

TIÃO — Se metê com ladrão não dá futuro pra ninguém!

JESUÍNO — O pió é essa mania do cara ser direito...

TIÃO — Direito o cara tem que ser.

JESUÍNO — Direito! Todo o mundo rouba! Os maiorá aí, tão por cima mas não é indo à missa, não! É roubando no duro!

TIÃO — Tu tá pegando barco errado!

JESUÍNO — Te garanto que resolvia. A gente não tava aqui com esses problema.

TIÃO — Você vai se daná!

JESUÍNO — Eu não disse que vou topá! O pió é isso, não tenho coragem! Primeiro arrombamento eu tava em cana direto, ou no hospitá, morto de medo. Não é questão de sê honesto, não. É medo! O que a gente não tem, Tião, é chance! Olha, se eu topasse o negócio com o "Grã-Fino", arrumava uns cobre, comprava um carro, ia pra praça como motorista. Depois, tu ia vê, ia tê até escritório. O negócio é dá chance! Essa era uma, eu perco de medroso!...

TIÃO — Isso não é chance, velho, é arapuca. Chance é a fábrica! Chance é tu conhecê gente de posição! Chance é tu tê cabeça e aproveitá as situação!

JESUÍNO — Não, velho! "Grã-Fino" tá cheio do ouro! Já imaginou a cara desse pessoal? Todo mundo convencido que vida da gente é essa e que não sai disso. E tu aparece com escritório, secretária...

Aí, ninguém vai te perguntá como tu conseguiu! Pode tê roubado, matado... Ninguém pergunta! Só querem é sê teu amigo...
E tu diz: "Aproveitei a chance, companheiro"... Muitos desses
conseguiram ser até Presidente da República...

TIÃO — Pois não, seu Presidente.

JESUÍNO — Conseguiram, sim! Nós é que somo trouxa, eu mais!
Não tenho coragem pra pegá a chance, vou perdê porque sou
trouxa!

TIÃO — Tá bêbado, Zuíno!

JESUÍNO — Bêbado!... Queria pegá a chance pra te mostrá. Chegava a Presidente, liberava o jogo de bicho e ajeitava as finança
do país.

TIÃO — Chega, Zuíno. Tá enchendo!...

JESUÍNO — Não posso falá nessas coisa que me dá dor de cabeça.
(Pausa.) Tião!

TIÃO — Hum!

JESUÍNO — Tu vai sê pai mesmo? Gozado!...

TIÃO — Vou pegá minha chance!

JESUÍNO — Se a greve der certo, o que pode acontecê é a gente
levá muita bordoada do pessoal!

TIÃO — Dá certo, nada!...

JESUÍNO — Mas se der?!

TIÃO — O jeito é arriscá! Vou furá a greve. Vou falá com o gerente, e ficá do lado dele.

JESUÍNO — Tião! Tem outro jeito...

TIÃO — Qual?

JESUÍNO — Furá e não furá...

TIÃO — Como?

JESUÍNO — A gente explica a situação pro Carlos. A gente finge que fura mas de combinação com eles, assim não dá bolo!

TIÃO — A turma ia sabê logo! Tu parece que nunca viu piquete. Ia sê pió. E depois é covardia...

JESUÍNO — Deixa de panca! Covardia por quê? É um jeito melhó do que se arriscá e levá pancada. Tu pode evitá inclusive o desprezo da turma. Tu pode te arrumá na fábrica e ficá bem com o pessoal! Pensa bem, Tião! E depois, tu já pensou em Maria, ela pensa como eles, é capaz de não gostá...

TIÃO — Maria é minha mulhé e gosta de mim. O que eu fizé ela vai achá certo!... O que ela podia achá errado é eu tê medo de tomá posição. Mas eu vou tomá posição, contra a greve. Furo a greve e ninguém tem nada a vê com isso!

JESUÍNO — Olha, velho!... Eu me lembro do Torquato; arrebentaram o menino...

TIÃO — Tu tem medo de briga, é? Depois, essa greve gorou antes de começá.

JESUÍNO — Tião, eu sou pela sorte. Vamo tirá no palito. Se eu ganhá, a gente fura de combinação com a gerência. Se tu ganhá, a gente fura de fato...

TIÃO — Besteira! Eu tô fazendo isso consciente. Único jeito que eu tenho é me arrumá, não devo satisfação pra ninguém. Quem quisé que se arrebente de fazê greve a vida toda por causa de mixaria. Eu não sou disso. Quero casá e vivê feliz com minha mulhé! Se a turma quisé, pode dá o desprezo... Nesse mundo o negócio é dinheiro, meu velho. Sem dinheiro, até o amor acaba! Pois eu vou sê feliz, vou tê amô, e vou tê dinheiro, nem que pra isso eu tenha de puxá saco de meio mundo!

JESUÍNO — Tu tá com a razão. Vamo furá com peito!

TIÃO — Que seja o que Deus quisé!

JESUÍNO — Amém!

TIÃO — Aguenta a mão. Por enquanto ninguém precisa sabê. Se a greve gorá, fica tudo como está!

JESUÍNO — Isso!...

TIÃO — Amanhã, a gente sai mais cedo e vai direto pra fábrica. Talvez a gente evite os piquete. Se for tudo como eu penso, muita gente vai entrá na fábrica. Aí, o negócio não tá tão ruim, não.

JESUÍNO — E se der certo, Tião?

TIÃO — É aguentá a mão!... Tu faz o que quisé, mas tua ideia é besta, vai sê pió!

JESUÍNO — Já não tá mais aqui quem falô! Amigo é amigo, topado! *(Pausa.)*

TIÃO — Tu vai encontrá a Dalva hoje?

JESUÍNO — Tá claro.

TIÃO — Eu vou ao parque, à noite, com Maria. Já tá funcionando?

JESUÍNO — Deve tá. Tinha um bruto cartaz, lá embaixo, anunciando pra hoje a inauguração!

TIÃO — Eu vou lá com Maria!

OTÁVIO *(entra num rompante, seguido de Bráulio arfante)* — Eu disse que esses cafajestes iam reagir, eu disse!

JESUÍNO — Que é que houve?

OTÁVIO — Prenderam o Onofre, o Mafra e o Tito. Foi hoje de madrugada. Tão pensando que vão metê medo na gente!

BRÁULIO — Turma de safados! Agora é que é tempo de aguentá firme mesmo. Nem que seja preciso passá mais fome, o jeito é aguentá!

JESUÍNO — Por que é que prenderam?

OTÁVIO — Porque são os cabeças. Querem metê medo na turma pra greve gorá! Mas eu sabia que ia ser assim!

BRÁULIO — Eu tava dizendo ontem que não ia sê sopa!

Jesuíno e Tião entreolham-se.

OTÁVIO — Turma de safados! E o Antônio do boteco dizendo que quem entrá em greve é vagabundo!

BRÁULIO — E tudo isso por causa de mais três mil cruzeiros.

ROMANA *(entrando com o balde cheio de roupa)* — Chi! Bráulio! O negócio tá ruim pra teu lado. O Zequinha veio avisá pra tu não ir pra casa que tem uns home da polícia na porta!

BRÁULIO — Já tou sabendo! Querem vir pra cima de mim também! É por causa do sindicato. Deixa eles pra lá!

TIÃO *(saindo da sala num rompante)* — Tá tudo errado, tá tudo errado!

Pausa.

OTÁVIO — Que é que deu nele?!

JESUÍNO — Bobagem, seu Otávio. O Tião tá paixonado. *(Cantando.)* Paixão quando puxa na gente, derruba o cristão!

QUADRO II

Domingo à noite... Tião e Maria chegam em frente à casa da moça...

TIÃO — Contente?

MARIA — Tô!

TIÃO — Pergunta?

MARIA — Tu gosta de eu?

TIÃO — Demais!... Pergunta de novo.

MARIA — Tu gosta?

TIÃO — Assim, não. Pergunta inteiro.

MARIA — Tu gosta de eu?

TIÃO — Eu por tu era capaz de qualqué coisa!

MARIA — Não diz isso!

TIÃO — Palavra!

MARIA — Tava bonito o parque, não?

TIÃO — Tava... Tu comeu tanto sorvete que é capaz de fazê mal!

MARIA — Desejo!... *(Tião ri.)* E se for menina, Tião...

TIÃO — Esquece. Vai sê um muleque, parecido comigo...

MARIA — Durval é nome bonito, sim.

TIÃO — Tá na hora de tu entrá...

MARIA — Pera um pouco... Olha a cidade lá embaixo!

TIÃO — Tu não gostaria de ir pra lá?

MARIA — Hum, hum... não. É fria... Eu gosto do morro.

TIÃO — Muito?

MARIA — Eu gosto do pessoal. Olha o cruzeiro, Tião! Como tá bonito, cheio de vela acesa...

TIÃO — Macumba.

MARIA — Eu acho que tu fez macumba pra me pegá...

TIÃO — Tu é que fez, mãe de santo!

MARIA — Quem sabe?... Imaginou nosso barraco? Olha o barraco do Espanhol. Tu já viu amor tão grande, ele e Luiza? Luiza também vai tê nenê...

71

TIÃO — Perto tá o barraco da Zéfa. Foi em cana, hoje. Carmelo matô o Bodinho...

MARIA — Não fala em tristeza.

TIÃO — São tristeza do morro.

MARIA — Na cidade é pió... Só que ninguém se conhece...

Começa a viola do Juvêncio.

TIÃO — Lá vem o Juvêncio...

MARIA *(abraça Tião fortemente)* — Tião, não te mete em encrenca amanhã!

TIÃO — Que encrenca?!

MARIA — Não sei. Não te mete em encrenca!

TIÃO — Não tem susto!

MARIA — Pensa na turma, Tião. Aqui todo mundo te qué bem. E eu mais do que ninguém...

TIÃO — Tá preocupada com quê?

MARIA — Com ocê! Porque quando fala em greve tu te aborrece...

TIÃO — Não pensa nisso. Não é assunto em que mulhé se mete...

MARIA — É sim!... O que é que tu tem medo...

TIÃO — Medo! Tu também me vem falá em medo? Medo de nada! Quero é vivê bem com ocê... só! Greve me aborrece porque sempre dá bolo, a gente pode perdê emprego... Ah! Não pensa nisso... O que eu fizé é pra nosso bem!

MARIA — Não te mete em encrenca!

TIÃO — Tu não confia em mim?

MARIA — Confio!...

TIÃO — Então, não pensa mais... Fica quietinha, sem pensá. Pensa só no Durval! Dele tu precisa cuidá...

MARIA — Teus olhos me dão calma!... *(Abraçam-se.)*

TIÃO — Tu não gostaria de viajá, vê nova gente?

MARIA — Gostaria... Mas ia tê saudade...

TIÃO — Tu não gostaria de saí daqui? Pensa!

MARIA *(olha em volta)* — Gostaria! Mas levando todo mundo comigo: D. Romana, Mamãe, João, Chiquinho, Seu Otávio, Tezinha, Ziza, Flora... o Espanhol... todo mundo. *(Olhando para o lado do cruzeiro.)* Até o cruzeiro lá do alto... *(Pausa.)* — Favela sem cruzeiro deve sê feia!

TIÃO — Eu não acho favela bonita...

MARIA — Não é não... Mas a gente faz ficá... Tu me faz a favela bonita!

TIÃO — Vou embora...

MARIA — Tião... Pede pro Juvêncio tocá aqui perto...

TIÃO — Peço sim!...

MARIA — Cuidado, Tião.

TIÃO — Vai dormi...

> Beijam-se... Maria entra. Tião fica iluminado pelo refletor que se apaga em resistência enquanto o samba cresce finalizando o ato.

FIM DO SEGUNDO ATO

Ato III

QUADRO I

ROMANA — Tu acordou cedo, hein?

TIÃO — É!

ROMANA — O café já tá pronto.

TIÃO — A senhora também acordou mais cedo...

ROMANA — Serviço, filho, muito serviço!

TIÃO *(procurando)* — Cadê minha caneca?

ROMANA — Pode deixá que eu preparo. Pão não tem!

TIÃO — Não faz mal!...

ROMANA — Tu não dormiu quase nada...

TIÃO — É...

ROMANA *(apontando Chiquinho que ressona)* — Esse aí é que, se a gente não acorda, vai até de tarde!

TIÃO — É da idade.

ROMANA *(aproximando-se de Tião)* — Tu tá enfezado por quê?

TIÃO — Eu?

ROMANA — Deixa disso, fui eu que te fiz e te conheço bem. Essa testa franzida não me engana. O que é que há?

TIÃO — Nada, ué!

ROMANA *(com intenção)* — Tu vai fazê piquete?

TIÃO — O quê?

ROMANA — Piquete de greve. Tu vai fazê?

TIÃO — Num sei. Acho que já tem gente bastante.

ROMANA — Num vai te metê em bolo, hein?!

TIÃO — Que bolo é que pode dá?

ROMANA — Greve sempre dá bolo?

TIÃO — Nem sempre.

ROMANA — Polícia chegou, tu sai de perto! Num vai te metê a valente!

TIÃO — Não precisa se preocupá.

ROMANA — Vê lá, hein?

TIÃO — Eu sei o que faço. Não se incomode!

ROMANA — Quer mais café?

TIÃO — Não, tá bom assim!

ROMANA — Não vai esperá teu pai pra saí?

TIÃO — Não!

ROMANA — Por quê?

TIÃO — Pra quê?

ROMANA — Tu sempre espera!...

TIÃO — Hoje tá muito cedo. Num vou esperá...

ROMANA — Tá bem.

TIÃO — Se Maria vier, diz pra ela não se preocupá. Ela também tá com besteira na cabeça.

ROMANA — Eu digo. *(Pausa.)* Tu passeou com ela ontem?

TIÃO *(vestindo o paletó e examinando a carteira e os documentos)* — No parque. Tava bom... Ela comeu três sorvetes! *(Sorrindo.)* É uma esganada!...

ROMANA — Vê lá, hein?

TIÃO — Deixa de bobagem, minha velha!

ROMANA — Tá com o endereço no bolso?

TIÃO — Que endereço?

ROMANA — O daqui. Se te acontecê alguma coisa a gente sabe logo!

TIÃO — Que é isso, mãe!

ROMANA — Tu tá com o endereço ou não?

TIÃO — Tou sim, tá na carteira.

ROMANA — Então, vai com Deus!

TIÃO — Eu volto logo! *(Sai.)*

> *Romana tira um baralho da gaveta e dirige-se para a mesa. Sentada, começa a distribuir as cartas como fazem as cartomantes.*

OTÁVIO *(de dentro)* — Ô Romana!

ROMANA *(escondendo apressadamente as cartas)* — O que é?

OTÁVIO — Cadê minha cueca limpa?

ROMANA — Tá debaixo da trouxa de roupa.

OTÁVIO — Tu vive enfurnando as coisa!

ROMANA — Sorte tua de eu ter lavado! *(Vai até Chiquinho.)* Ei! Chiquinho, tá na hora!

CHIQUINHO *(resmunga dormindo)* — Terreiro é mais bonito... hum, hum. Tem cantoria...

ROMANA — Acorda estrepe, tá na hora!

CHIQUINHO *(idem)* — Tou acordando... hummm... *(Vira-se para o outro lado.)*

OTÁVIO *(entra afivelando o cinto)* — Puxa, dormi demais!

ROMANA — Tá cedo ainda!

OTÁVIO — Cedo, nada! Eu já devia tá na fábrica, preciso organizá o meu piquete... Tá pronto o café?

ROMANA — Tá quentinho!

OTÁVIO *(olhando para Chiquinho)* — Não vai deixá ele chegá atrasado no armazém!

ROMANA — Eu já chamei ele, mas tá cedo ainda. Vou deixá ele dormir mais um pouco.

OTÁVIO — Cadê Tião?

ROMANA — Já foi!

OTÁVIO — Já saiu? Ora essa...

ROMANA — Tava com uma daquelas caras!...

OTÁVIO — E por que não me esperou?

ROMANA — Sei lá, foi embora!...

OTÁVIO — O Tião é capaz de fazê besteira!...

ROMANA — Que besteira?

OTÁVIO — Sei não! Desde quando a gente começou a falá em greve, ele anda meio esquisito... Mas não há de sê nada. Tá ruim o café, hein, Romana!

ROMANA — Deixa de luxo, velho!

OTÁVIO — Sorte que tá quente, a gente não sente bem o gosto! *(Pausa.)*

ROMANA — Não vai te metê em bolo, hein?

OTÁVIO — Que bolo é que pode dá?

ROMANA — Greve sempre dá bolo.

OTÁVIO — Nem sempre.

ROMANA — Polícia chegou, tu sai de perto! Num vai te metê a valente!

OTÁVIO — Não precisa se preocupá!

ROMANA — Vê lá, hein!

OTÁVIO — Eu sei o que faço, não se incomode!

ROMANA — Quer mais café?

OTÁVIO — Não, tá bem assim!

ROMANA — Já soltaram os três que foram presos?

OTÁVIO — Ainda não. Talvez eles soltem hoje. A turma tá fazendo força!

ROMANA — Eles não iam soltá ontem à noite?

OTÁVIO — Mas não soltaram. *(Veste o casaco para sair.)* Não deixa o Chiquinho chegá atrasado.

ROMANA — Eu acordo ele logo. Vê lá, hein!

OTÁVIO — Deixa de bobagem, minha velha!

ROMANA — Tá com o endereço no bolso?

OTÁVIO — Que endereço?

ROMANA — O daqui. Se te acontecê alguma coisa a gente sabe logo!

OTÁVIO — Que é isso, Romana?

ROMANA — Tu tá com o endereço ou não?

OTÁVIO — Tou sim, tá na carteira.

ROMANA — Então, vai com Deus!

OTÁVIO — Eu volto logo! *(Sai.)*

ROMANA *(fica um instante parada perto da porta. Lentamente, vai até Chiquinho que continua ressonando)* — Acorda logo, Chiquinho. Já tá na hora!

> *Chiquinho resmunga.*

ROMANA — Vamos, vamos... Deixa de moleza!

CHIQUINHO — Ah! Eu já fui, mãe! *(Resmungando.)* Porcaria!... Qualquer dia eu faço uma greve também!

> *Romana vai até a mesa onde volta a botar as cartas. Olha absorta para cada carta que tira do maço, ora com júbilo, ora com ar de profunda preocupação. Chiquinho espreguiça-se, olha em torno e começa a vestir-se lentamente.*

ROMANA — Não estou gostando é desse quatro de espada.

CHIQUINHO *(com voz de sono)* — O que, mãe?

ROMANA — Anda depressa que se tu chegá atrasado eu te racho o couro!

CHIQUINHO *(aproximando-se da mãe)* — A senhora tá botando carta, é?

ROMANA — Não está vendo?

CHIQUINHO — Então a senhora tá cismada com alguma coisa?

ROMANA — Vai te lavá diabo!

CHIQUINHO — É por causa da greve, né mãe?

ROMANA — Não te mete onde tu não é chamado.

CHIQUINHO *(apontando as cartas)* — O que é que diz aí?

ROMANA — Diz que se tu não for logo te aprontá eu racho tua cabeça!

Chiquinho vai lavar-se na tina.

ROMANA — Que seja o que Deus quisé!

CHIQUINHO — Será que a greve dura muito, mãe?

ROMANA — Sou eu lá quem vai sabê?!

CHIQUINHO — As cartas não disseram?

ROMANA — Não disseram nada. *(Romana, decidida, agarra Chiquinho e lava-lhe energicamente o rosto. Enxuga-o.)* Senta aí pra tomá café!

CHIQUINHO *(obedece)* — Assisti um firme bem bacana onte! Um firme de Oscarito. A Tezinha deu até escândalo de tanto ri... Era firme do tempo antigo! Cada roupa gozada! Tudo de cabelo grande. No fim, o bandido levou uma bruta surra do Oscarito! Mas era briga pra ri! A senhora precisa ir ao cinema, mãe!

ROMANA — Pra perdê tempo? Eu não.

CHIQUINHO — Perde não, é gozado! Se Tião entrá pro cinema é que vai sê bacana. Até o Tuca vai se babá todo!

ROMANA — Tu está andando de novo com aquela turma?

CHIQUINHO — Eu não! Mas, se ele soubé que o Tião trabalha no cinema, ele vai se mordê de raiva. Aquele moleque é invejoso!

ROMANA — E se eu soubé que tu anda metido com aquela gente, tu vai apanhá como nunca apanhou!

CHIQUINHO — Puxa, mãe! É por isso que a senhora tá sempre cansada, vive me prometendo pancada!

ROMANA *(rindo)* — Também tu vive se metendo onde não deve. Toma o café anda. *(Pega um pedaço de pão da gaveta.)* E come esse pão!

CHIQUINHO — Tá duro, mãe!

ROMANA — Deixa de luxo e dá graças a Deus! Pão melhor só no almoço e se a greve der certo, porque se não...

CHIQUINHO *(para um instante, como que ouvindo)* — É a Tezinha!

ROMANA *(admirada)* — Tu tem antena, é!

TEREZINHA *(entrando)* — Bons dias!

CHIQUINHO — Veio cedo, hein!

ROMANA *(a Terezinha)* — Senta aí, tu tá botando os bofes pra fora!

TEREZINHA — Eu trouxe o leite. Tem duas xícaras!

ROMANA — Bobagem tua.

TEREZINHA — Chiquinho precisa engordá!

ROMANA — Tu tá acostumando mal esse menino.

CHIQUINHO — Qual nada. Me dá, Tezinha!

TEREZINHA — Tá frio!

ROMANA — Vai assim mesmo. O café tá quente demais! *(Serve o leite.)*

CHIQUINHO — Eu tava contando pra mãe o firme que a gente viu.

TEREZINHA *(começa a rir desbragadamente)* — Gozado pra burro!

CHIQUINHO — Eu não disse pra senhora que ela deu escândalo de tanto ri!

TEREZINHA — A cara daquele homem é a coisa mais gozada que eu já vi!

CHIQUINHO — Tu te lembra a hora da garrafada?

TEREZINHA — E quando ele bateu com a luva daquele home de ferro na cara do bandido!

CHIQUINHO — Não! Melhor é o tropeção que ele leva na escada!

TEREZINHA — E o mocinho! Que carinha!

CHIQUINHO — Carinha tinha a princesa!

TEREZINHA — Muito magra...

ROMANA *(sem quebrar a vivacidade e o ritmo do diálogo)* — Tu viu o pessoal da fábrica descendo?

TEREZINHA *(quebrando só agora o ritmo)* — Senhora?

ROMANA — Tu viu a turma da fábrica por aí?

TEREZINHA — Arguns! Tavam no boteco de seu Antônio. Seu Otávio eu encontrei na descida...

ROMANA — O Tião, tu encontrou?

TEREZINHA — Vi sim, tava dando uma bronca no Jesuíno.

ROMANA — Por causa de quê?

TEREZINHA — Não sei!

ROMANA *(a Chiquinho)* — Vamos andando, seu Chiquinho. Tá na hora!

CHIQUINHO — Tou com uma bruta preguiça!

ROMANA — Anda depressa.

CHIQUINHO — Vou pegá a Amélia. *(Vai para o quarto dos fundos.)*

ROMANA *(a Terezinha)* — Eles tavam discutindo sobre a greve né?

TEREZINHA — Parecia sim.

CHIQUINHO *(entra com a cesta de compras)* — Té logo, mãe. *(A Terezinha.)* Tu vem?

ROMANA — Deixa a menina sentá um pouco. Que grudação! Vai embora!

CHIQUINHO — Té logo.

ROMANA — Vai com Deus!

TEREZINHA — De noite eu venho aqui.

CHIQUINHO — Tá. *(Enquanto sai, berra o samba-tema que se perde aos poucos.)*

ROMANA — Tu já tomou café?

TEREZINHA — Já sim.

ROMANA — Bem, toca a trabalhá!

TEREZINHA — Muita roupa?

ROMANA — Um montão. E tudo pra entregá amanhã!

TEREZINHA — A tia também tá dando duro. Ela aumentô os preço.

ROMANA — Vai me descurpá, mas assim já é exploração! Ainda se fosse um serviço benfeito!... Mas nem passá ela sabe!

TEREZINHA — É que ela tá meia doente, já não tem vontade...

ROMANA — Vontade eu também não tenho, mas um pouco de capricho não custa! Minha filha Jandira é que era um taco pra passá roupa. Ela chegava tarde dos baile! Mas não tinha conversa, passava roupa até de manhã alta! Também, durou pouco... Eu avisava, mas qual! Mocinha, mocinha, na farra! Também, se destraiu. Tirou alguma coisa da vida!... Morreu numa noite de São João!

TEREZINHA *(pensando)* — O pai morreu em dia de Ano-Bom. Eu não lembro, era criança.

ROMANA *(que enquanto isso arrumou a roupa dentro do balde)* — Bom, lá vou pra bica!

TEREZINHA — Eu vou com a senhora.

ROMANA — É melhor ir pra tua casa, ajudá tua tia. E pode dizê pra ela que, pra mim, aumentá os preço é exploração!

TEREZINHA *(rindo)* — Digo sim. Mas a tia não é ruim de todo. Pegou a roupa da Cândida pra lavá, sem cobrá tostão. E vai lavá até a Cândida ficá boa...

ROMANA — Com aqueles dois garoto pra cuidá, Cândida, tão cedo, não vai tê sossego!... *(Saem as duas.)*

> A cena fica vazia durante alguns instantes. A luz que vinha aumentando de intensidade, denotando o avanço da manhã, atinge seu máximo.

ROMANA *(de fora)* — Ué, tu por aqui a essa hora?

MARIA *(idem)* — Queria falá com a senhora.

ROMANA *(idem)* — Vamos entrando. Êta sol brabo!

MARIA — Não precisa se incomodá por mim, não.

ROMANA — Estou mesmo precisando de uma sombra. *(Entram as duas.)* Tu falou com Tião?

MARIA — Falei. Ele tá preocupado com o casamento da gente. Tem medo que a greve não dê certo, de perdê o emprego e não podê mais casá.

ROMANA — E então?

MARIA — Ele disse que sabe o que faz!... Eu me aquietei um pouco!

ROMANA — Seja o que Deus quisé! Tu vai pra oficina, não vai?

MARIA — Daqui a pouco... Sabe, D. Romana, eu gosto muito do Tião!

ROMANA (um tanto espantada com o inesperado da frase) — Bom pra ele.

MARIA — Eu gosto muito da senhora também!

ROMANA — Uai! Obrigada, eu gosto de tu também!

MARIA — Eu acho a senhora o tipo da mãe que sabe entender os filhos!

ROMANA — Pode ser...

MARIA — A gente tem confiança na senhora!

ROMANA — Tanto elogio dá pra desconfiá!

MARIA — Não é elogio, não. A gente não pode escondê nada da senhora, a gente precisa contá tudo e pedi conselho...

ROMANA — Então, tu qué me contá alguma coisa. Vamos lá!

MARIA — A senhora sabe que eu gosto muito do Tião...

ROMANA — Tu já disse isso. Eu acredito.

MARIA — Eu acho que ele também gosta de mim!

ROMANA — Eu também acho.

MARIA (sem saber como continuar) — Pois é, e quando a gente gosta, a gente gosta muito e... e... e não pensa muito...

ROMANA — Pois é...

MARIA — Quando conheci Tião, eu gostei logo dele! Ontem, no Parque, eu vi que gosto ainda mais!

ROMANA — Minha filha, se tu qué me convencê que gosta mesmo do Tião, não precisa dizê mais nada que eu já estou mais do que convencida!

MARIA — Eu sei... Mas é que tem uma coisa que eu gostaria que a senhora soubesse...

ROMANA — Então, vamos lá.

MARIA — A senhora se lembra de um batizado em Coelho da Rocha que nós fomos?

ROMANA — Se lembro, o Otávio pegou um bruto pifão! Depois daquilo se convenceu que tá ficando velho.

MARIA — Foi boa a festa.

ROMANA — E depois?

MARIA — Eu fui com Tião, com a senhora...

ROMANA — Com Otávio, Chiquinho, Terezinha, Jesuíno, e daí? Vai falando menina, num precisa tê medo.

MARIA — Nós passamo a noite lá e... a senhora sabe... eu gosto muito do Tião e ele gosta de mim...

ROMANA (com toda calma. Calmíssima) — Tu tá grávida, né, minha filha?

MARIA (no mesmo tom) — Tô sim senhora.

ROMANA — E é isso que tu tinha pra me dizê?

MARIA — Eu estou escondendo de todo mundo, mas não queria escondê da senhora.

ROMANA — Eu tava meia desconfiada mesmo!...

MARIA — Desconfiada?

ROMANA — É. A gente sempre muda de jeito quando fica mulhé de um homem e tu ficou desse jeito.

MARIA — Só não quero que a senhora fique aborrecida!

ROMANA — Eu, por quê? Problema é de vocês!

MARIA — Nós vamo casá. Eu não conto pra ninguém. Mamãe vai ficá chateada se souber...

ROMANA — Pode deixá. Eu não digo nada, não.

MARIA — E o que a senhora acha que eu devo fazê?

ROMANA — Parí, minha filha! O que é que tu quer fazê?

MARIA *(sem jeito)* — Eu sei... Eu digo, devo esperá quieta até casá? Vou precisá casá no mês que vem!

ROMANA — Por isso é que Tião tá tão preocupado com o negócio do emprego, não é?

MARIA — Acho que sim... É sim.

ROMANA — Bobagem dele. A gente sempre se vira na hora "h"!

MARIA — É isso que eu queria contá pra senhora.

ROMANA — Tua sorte foi ter encontrado Tião. Ele é bom garoto. Outro talvez te largasse por aí. Tião, não. Não precisa tê medo!

MARIA — Não tenho, não. Eu sei disso. Por isso é que eu fui mulhé dele...

ROMANA — Até que é gostoso sabê que a gente vai sê avó!

MARIA — Pois é!

ROMANA — Otávio é que vai se babá todo!

MARIA — Eu queria pedi mais uma coisa pra senhora. Não contá pra mais ninguém, nem pra seu Otávio!

ROMANA — Coitado do Otávio, ele ia ficá contente! Por causa de que não contá?

MARIA — Vergonha. Eu ia tê vergonha!

ROMANA — Vocês são gozada! De fazê não tem vergonha, não é?

MARIA — D. Romana!

ROMANA — Tá bem. Não conto nem pro Otávio. Mas vai sê duro...

MARIA — Obrigada. A senhora é um anjo *(beija a velha)*.

ROMANA — Êpa, vamos deixá de grudação! *(Intrigada.)* Esse mundo é gozado. Acontece as coisas pra gente e a gente nem sente. Tudo acontece assim, sem mais nem menos, "acontecendo". Qual! Tu quer menino ou menina?

MARIA — Preferia menino.

ROMANA — E Tião?

MARIA — Também *(animada)*. A senhora imaginou se ele entrá pro cinema?

ROMANA — Com o tal do Rocca? Isso é conversa!

MARIA — Quem sabe, às vezes... Tião vai falá com ele.

ROMANA — O gozado é que o Jesuíno também encontrou o tal Rocca! Não, minha filha, aí tem coisa!

MARIA — Que coisa?

ROMANA — Bobagem, deixa pra lá!

MARIA *(depois de um instante)* — Durval! A senhora acha que seria um bom nome pro menino?

ROMANA — Por que Durval?

MARIA — Assim! Tem Orlando, Roberto...

ROMANA — Meu primeiro namorado, em Minas, se chamava Durval!

MARIA — Então, não pode. Vai se chamá Otávio!

TIÃO *(entrando)* — Você aí dengosa?

ROMANA — Já de volta?

MARIA — Como é que foi?

TIÃO — Tudo bem.

MARIA — Deu certo a greve?

TIÃO — Como é que a gente vai sabê?

ROMANA — Mas a turma topou a greve?

TIÃO — Topou. Dezoito operários furaram a greve... só.

MARIA *(abraçando-o)* — Eu não dizia? Pra que tê medo?

ROMANA — Deu algum bolo?

TIÃO — Tinha muito polícia na porta, mas acho que não deu nada.

ROMANA — Teu pai?

TIÃO — Vi um instante. Tava conversando com um cara que queria entrá. Depois, não vi mais.

MARIA — Qué dizê que o trabalho parou mesmo?

TIÃO — Parou!

MARIA — E os que furaram a greve?

TIÃO — Um levou uns tapas. Só isso.

ROMANA — Olha, tu me desculpe, mas eu tava com a impressão que tu ia furá, sabe?

TIÃO *(vai até o fogão e se serve de café frio)* — É...

MARIA — Quer dizê que tá tudo em ordem?

TIÃO — Tá!

ROMANA — Tu devia ter vindo com o teu pai. Ele é capaz de fazê besteira.

TIÃO — Ele estava meio ocupado ainda...

ROMANA — Ainda bem que não deu bolo.

MARIA — Viu como foi fácil?

TIÃO — Não foi tão fácil. Eu tinha meio razão quando dizia que a turma não ia topá. No princípio, uma porção de gente queria entrá na fábrica. Os piquete é que trabalharam direito e convenceram todo mundo... O pai não descansou. Acho que o patrão não deve gostá muito dele, não!

ROMANA — E aquele safado do Jesuíno, em piquete também?

TIÃO — Deixa o Jesuíno pra lá, coitado...

MARIA — Bateram em um que furou, é?

TIÃO — Uns tapa só. A polícia tirou o rapaz do meio da turma e os outros operários não deixaram bater...

ROMANA — Bom. Agora nós é que vamo ter uma conversinha!

TIÃO *(pondo-se em guarda)* — Nós?

ROMANA — Sim senhor, seu cínico! Então o senhor é pai, não é?

TIÃO *(a Maria)* — Ah, você veio contá?

MARIA — Vim.

ROMANA *(a Sebastião)* — Tu merecia umas bordoadas, seu apressado. E ainda fica quieto, com a cara mais cínica do mundo!

MARIA — D. Romana!

ROMANA — Que D. Romana! Tu não tem culpa de nada, mas ele tem. Aposto que a ideia foi dele!

TIÃO *(com meio sorriso)* — É mãe, a senhora vai sê avó!

ROMANA — Já tá batizado. Vai sê Otávio!

TIÃO — Não era Durval?

MARIA — Otávio tem uma razão, Durval não tem.

TIÃO — Então, Otávio!

ROMANA — Tá certo, nome do avô! Ele vai ficá se babando, mas essa bobinha não quer que conte. Otávio ia pulá de contente.

TIÃO — É, ele ia ficá contente...

ROMANA — Deixa contá, vá!

MARIA — Não conta, não!

ROMANA — Tá bom, não conto... *(Começa a rir.)* Tou imaginando a cara do velho. Ele já tem orgulho desse estrepe aí, ainda mais com um neto!

TIÃO — Não sei, não!

MARIA *(abraçando o namorado)* — Que bom, né, Tião?

TIÃO *(abraçando-a com força)* — Sabe mãe, eu quero bem. E quando a gente quer bem é capaz de uma porção de coisas!...

ROMANA — Chi! Lá vem o outro dizendo que quer bem! Vai contando, vai! Maria também começou assim: "D. Romana, eu gosto muito, porque eu gosto de verdade!" — Qual!

ROMANA — Contá o quê? Vocês quando começam a dizê que gostam etc. e tal, acabam contando coisas!

TIÃO — É só isso. Eu quero bem e sou capaz de fazê uma porção de coisas.

BRÁULIO *(entra arfando como no primeiro ato)* — D. Romana... Uff!... Êta, subidinha!... *(Estanca ao ver Tião.)* Ah! Você já tá aqui!

ROMANA — Nem esperou pelo pai!

BRÁULIO — E nem podia esperá. Preferiu se escondê logo junto da mamãe e da noivinha!

TIÃO — Não te mete nisso Bráulio!

BRÁULIO — Não te mete, não te mete! Assim é fácil! Me desculpe D. Romana, mas não sei por que seu filho veste calças!

ROMANA (*confusa e irritada*) — Pera aí, seu Bráulio! O que é que houve?

TIÃO — Nada, mãe! Só que eu fui um dos dezoito que furaram a greve. Só isso!

BRÁULIO — De tu eu não esperava isso, Tião!

TIÃO — Bráulio! Tu não sabe porque foi!

BRÁULIO — Não, velho, pra isso não tem desculpa. Tu traiu a gente e isso não tem desculpa.

MARIA (*segurando a mão de Tião*) — Por que, Tião?

TIÃO — Não te preocupa, Maria. O que interessa pra gente é que eu não vou perdê o emprego. Eu entrei, furei a greve, o encarregado tomou nota do nome da gente. Deu mil cruzeiros pra cada um de gratificação e disse que a gente não ia arrependê. Pra mim é o que basta.

ROMANA — Desta vez, filho, tu fez besteira!

TIÃO — Cada um resolve seus galhos como pode! O meu, eu resolvi desse jeito.

BRÁULIO — Traindo teus companheiros! Se todo o mundo pensasse assim, adeus aumentos, meu velho!

TIÃO — Eu não podia arriscá!

BRÁULIO — Arriscá o quê?

TIÃO — Meu emprego. A gente precisa viver!

BRÁULIO — O que é que tu arriscava, não arriscava nada!

TIÃO — Como não? Se eu perco meu emprego como é que eu fico?

BRÁULIO — Não fica muito pior, não! Arriscá salário mínimo é o mesmo que não arriscá nada. E depois, todo mundo tem seus galhos pra quebrá, ninguém ia aguentá muito tempo. Tu quis agi sozinho, meu velho, e sozinho não adianta!

TIÃO (*obstinado*) — Greve é defesa de um direito. Eu não quis defender meu direito e chega!

BRÁULIO — Tu te sujou, Tião! Agora vai sê pior!...

TIÃO — Tenho meu emprego!

BRÁULIO (*exaltando-se mais*) — Ninguém vai perdê o emprego, a gente já venceu a greve!

TIÃO — Podia não vencer!

ROMANA — Chega de bate-boca! Vocês resolvem isso depois!

MARIA (*a Tião*) — Tu não devia!

TIÃO — Não te preocupe, dengosa, eu sei o que faço!...

ROMANA (*com amargura*) — Por isso tu não saiu com teu pai, por isso tu não voltou com o teu pai...

BRÁULIO — Nem adiantava esperá... Otávio foi um grande cara. Se não fosse ele e mais meia dúzia da turma de piquetes, a greve gorava. É assim que a gente deve pensá, Tião, e não tirá o corpo fora, resolvê os galhos pela metade, deixando os outros no fogo...

TIÃO (*gritando*) — Vai te metê com tua vida!

ROMANA — Tu cala a boca, Tião!

BRÁULIO — Otávio ficô entusiasmado e começou a fazê comício na porta da fábrica. Foi em cana! Prenderam ele como agitadô!

ROMANA — Otávio foi preso? Aquele quatro de espadas nunca me enganou!

MARIA (*a Tião*) — E tu sabia disso?

BRÁULIO — Não, disso ele não sabia. Nessa hora ele tava recebendo gorjeta do encarregado!

TIÃO (*avançando para o negro, possesso*) — Olha, Bráulio, tu não provoca!

ROMANA *(interpondo-se)* — Cala essa boca. *(Tira o avental.)* Eu vou até lá...

BRÁULIO — Não vale a pena, D. Romana, tá uma turma tratando de soltá ele!

ROMANA — Que turma! Eu sô mulher dele, num sô? Eu vou lá! Meu marido preso, quem é que cuida disso aqui? Eu vou lá!

Vai para o quarto dos fundos.

MARIA — Será que ele vai ficá muito tempo preso?

BRÁULIO — Não, não podem. Tem que soltá logo.

ROMANA *(volta com um par de sandálias na mão e senta-se para*

calçá-las) — Tu vai comigo até lá, Bráulio!

BRÁULIO — Eu acho que não vale a pena, mas se a senhora quer...

ROMANA — Que não vale a pena!

TIÃO — Eu vou também!

ROMANA *(autoritária)* — Tu não te mexe daqui! Depois a gente conversa!

MARIA — Eu vou com a senhora, pode deixá!

ROMANA — Num cumplica as coisas. Tu vai pra oficina se não perde o dia... A gente desce junto!

TEREZINHA *(entra correndo)* — D. Romana, os garoto do 28 pisaram na roupa estendida e sujaram tudo!

ROMANA — Se eu pego um desses moleques eu torço o pescoço. Terezinha, meu anjo, vem cá! Tu dá um jeito na roupa pra mim, dá uma enxaguada. Depois, tu põe o feijão no fogo mais o arroz, tá bom? Eu vou até a polícia.

TEREZINHA — Polícia?

ROMANA — É. Prenderam o Otávio. Tu ajeita tudo. De passagem eu aviso tua tia; depois te dou uns cobre pro cinema. Vamos embora, Bráulio! Maria, toca pra oficina! *(A Bráulio)* Ele tá na Central?

BRÁULIO — Foi pro D.O.P.S.

ROMANA — D.O.P.S.? Vamo depressa se não ele entra na pancada! Cuida do feijão, Terezinha, fogo baixo! Vamo embora, gente! *(Saem. Tião não esboça movimento algum. Quando todos desaparecem...*)

TEREZINHA *(como quem anunciasse festa)* — Prenderam seu Otávio! Prenderam seu Otávio!

QUADRO II

Mesmo cenário. Segunda-feira, 7 horas da noite. Em cena: Tião e João.

TIÃO — Não adianta, cunhado. O que fiz tá feito e eu faria de novo.

JOÃO — Não tou discutindo isso. Tou só dizendo que agora não tem mais jeito. Tu vivê no morro não vive mais. Só se prová que quer voltá atrás.

TIÃO — Esquece. Isso eu não faço!

JOÃO — Tu já viu o ambiente como é que está, ninguém mais te olha. Se falam contigo é pra te gozá. E de covarde pra baixo! Pra Maria também não é bom!

TIÃO — Maria não é obrigada a aguentá. Eu vou embora e levo ela comigo.

JOÃO — Sei não cunhado. Escuta. Eu sei que tu não furou a greve por covardia. Eu sei que tu não é covarde, foi pra se defendê. Tu não tinha a confiança que os outros tinham. Mas tu não é contra a gente, não custa nada se retratá. Explica com franqueza, eles vão entendê. Devolve o dinheiro que o gerente te deu, adere à greve, faz alguma coisa!

TIÃO — Não tenho nada que pedi desculpa a ninguém. O que fiz, fazia de novo. Cada um resolve seus galhos do seu jeito!

JOÃO — Então, meu velho, hoje mesmo é saí daqui. Conheço o Otávio, ele vai te mandá embora!

TIÃO — Problema dele! Eu vou embora, me arrumo, fui criado na cidade. Depois, dou um jeito. Arranjo uma casa de cômodos, alguma coisa, e levo Maria...

JOÃO — Eu pensei que tudo ia sê bem diferente!

TIÃO — Eu também gostaria que fosse.

JOÃO — Tu toma cuidado por aí. Tem gente querendo te pegá.

TIÃO — Que venham. Não tenho medo, sei me defendê. Já deixei esse cincão na cara de muita gente!

JOÃO — Tu viu que pegaram Jesuíno?

TIÃO — Benfeito pra ele. Eu tinha avisado.

JOÃO — Tá com o braço quebrado.

TIÃO — O que ele fez não se faz. Querê enganá os outros tá errado. Eu disse que a turma ia sabê.

JOÃO — Pegaram ele quando ia saindo da fábrica e depois souberam de tudo. Esse é outro que se azarou.

TIÃO — Pera aí, tem uma diferença! Ele procurou se ajeitar, eu não. Tinha uma opinião e fui até o fim. Furei greve e digo pra todo mundo!

JOÃO — Bom, se precisá de um amigo sabe que tem um aqui às ordens!

TIÃO — Obrigado, velho. Nessa altura, amigo, já não adianta muito, não. É esquisito, não é mais o problema de um cara contra outro cara, é um problema maior! Eu sabia que a turma ia dá o desprezo se a greve desse certo, mas não pensava que ia sê assim.

97

Não é só desprezo que a gente sente, é como... Sei lá!... É como se a gente fosse peixe e deixasse o mar pra vivê na terra... É esquisito! A gente faz uma coisa porque quer bem e, no fim, é como se a gente deixasse de ser.

JOÃO *(intrigado)* — Não estou te entendendo!...

TIÃO — É. É muito esquisito!

MARIA *(entrando apressada)* — Já tá solto. Tão subindo o morro!

JOÃO — Agora, velho, é aguentá!

MARIA — Tá toda a turma com o seu Otávio. Que bom, tão fazendo uma bruta festa pra ele...

TIÃO — Eu estraguei a festa.

MARIA *(indecisa)* — Tião... Tião...

TIÃO — Fala.

MARIA — Nada. Escuta, é melhor tu ir embora. Depois, tu conversa com seu Otávio. Quando ele estiver mais descansado...

TIÃO — Não. O que tem que ser, tem que ser. Eu espero ele. Não é bicho, é meu pai!

MARIA — Não é por tua causa, por causa dele. É melhor conversá com ele depois.

JOÃO — Pros outros já foi duro, imagina pra ele...

TIÃO — Tu diz que é meu amigo e fala assim? Tá bom... E tu, Maria?

MARIA — Eu o quê?

TIÃO — Já virei lobisomem pra você também?

MARIA — Deixa disso. Eu sei que foi por minha causa. Eu tou do teu lado...

TIÃO *(sério)* — Que bom!... É, seu João! A gente deixa de ser... É que nem peixe na terra... *(Sai.)*

MARIA — Como é que ele tá?

JOÃO — Desse jeito. Aposto que ele queria não tê feito nada. Mas é orgulhoso que nem uma peste!

MARIA — Não foi por mal!...

JOÃO — Vai explicá isso a todo mundo!

MARIA — E agora?

JOÃO — Agora, Maria, é aguentá. Aqui ele não pode ficá. O pai, pensando como pensa, não deixa ele em casa. Vai sê questão de honra. O jeito é ele deixá o morro... Disse que depois vem te buscá, que vai arranjá um quarto numa casa de cômodos.

MARIA *(pensativa quase chorando)* — Vai tê que deixá o morro.

JOÃO — Ele tá sofrendo, mas foi apressado. Não sei por que esse medo da greve! Os outros todos confiaram, ele não.

MARIA — João, eu tô com medo!

JOÃO — Calma!

MARIA — Tou sim! Tu já imaginou? Deixá isso tudo, assim, de repente? Tião não conhece mais ninguém, vai tê que fazê novas amizade...

> De fora, vozes e "salves" para Otávio.

JOÃO — Tão aí? Aguenta a mão, não faz cara de choro!

> Entram Romana, Chiquinho, Terezinha, Bráulio e Otávio.

ROMANA — Senta, meu velho, senta! Tu já andou demais!

BRÁULIO — É melhor descansar!

OTÁVIO — Deixa disso, também não me mataram! *(Vendo João e Maria)* Vocês tão aí? Como é que é seu João? Que cara de espanto é essa, D. Maria? Fui em cana, só isso!

MARIA — Mas tá tudo bem?

OTÁVIO — Tamos aí, na ativa!

BRÁULIO — Também, D. Romana fez revolução na polícia!

OTÁVIO — Êta, velha barulhenta! Quase que fica também.

ROMANA — E não é pra gritá? Prendê o homem da gente, assim à toa?

CHIQUINHO — O senhor ficou atrás das grade, pai?

OTÁVIO — Que grade! Fiquei numa sala e num tava sozinho, não! Tinha uma porção!

CHIQUINHO — E bateram no senhor?

ROMANA — Deixa de perguntá besteira, menino.

BRÁULIO — O fato é que tu tá solto e pronto pra outra. Não é, bichão?

OTÁVIO — E bem pronto. Só as costelas que doem um bocado mas, amanhã, tá tudo em dia!

BRÁULIO — A turma é ou não é do barulho?

OTÁVIO — Êta, se é! Nego ia entrando, a gente conversava uns minutos e pronto! Já tava o homem ajudando no piquete. O aumento vai saí estourado!

MARIA — A greve dura muito?

BRÁULIO — Acho que não. Mais um ou dois dias. Eles têm que concordá, se não o prejuízo é maior!

OTÁVIO *(a Bráulio, interessadíssimo)* — É verdade que a Sant' Angela tá pra aderí?

BRÁULIO *(com uma risada alegre)* — É sim senhor!

OTÁVIO *(contentíssimo)* — Isso é que serve! *(A Romana)* Velha, dá um café aqui pro papai!

ROMANA *(indo ao fogão)* — Já, já. Mas tu não toma jeito, hein, descarado?

BRÁULIO — Isso é assim mesmo, D. Romana!

TIÃO *(aparecendo na porta)* — Com licença!

> *Todos esfriam. Mudos. Estáticos.*

TEREZINHA *(Depois de alguns instantes quebra o silêncio)* — Tá vendo Tião, soltaram seu Otávio! *(Chiquinho dá-lhe um beliscão. Pausa.)*

ROMANA — Vai ficá que nem estaca na porta, entra!

TIÃO *(a Otávio)* — Eu queria conversá com o senhor!

OTÁVIO — Comigo?

TIÃO *(firme)* — É.

OTÁVIO — Minha gente, vocês querem dá um pulo lá fora, esse rapaz quer conversá comigo.

ROMANA — Eu preciso mesmo recolhê a roupa!

JOÃO — Já vou indo, então. Até logo, seu Otávio, e parabéns!

OTÁVIO — Obrigado! *(Saem. Tião e Otávio ficam a sós.)* Bem, pode falá.

TIÃO — Papai...

OTÁVIO — Me desculpe, mas seu pai ainda não chegou. Ele deixou um recado comigo, mandou dizê pra você que ficou muito admirado, que se enganou. E pediu pra você tomá outro rumo, porque essa não é casa de fura-greve!

TIÃO — Eu vinha me despedir e dizer só uma coisa: não foi por covardia!

OTÁVIO — Seu pai me falou sobre isso. Ele também procura acreditá que num foi por covardia. Ele acha que você até que teve peito. Furou a greve e disse pra todo mundo, não fez segredo.

Não fez como o Jesuíno que furou a greve sabendo que tava errado. Ele acha, o seu pai, que você é ainda mais filho da mãe! Que você é um traidô dos seus companheiro e da sua classe, mas um traidô que pensa que tá certo! Não um traidô por covardia, um traidô por convicção!

TIÃO — Eu queria que o senhor desse um recado a meu pai...

OTÁVIO — Vá dizendo.

TIÃO — Que o filho dele não é um "filho da mãe". Que o filho dele gosta de sua gente, mas que o filho dele tinha um problema e quis resolvê esse problema de maneira mais segura. Que o filho é um homem que quer bem!

OTÁVIO — Seu pai vai ficá irritado com esse recado, mas eu digo. Seu pai tem outro recado pra você. Seu pai acha que a culpa de pensá desse jeito não é sua só. Seu pai acha que tem culpa...

TIÃO — Diga a meu pai que ele não tem culpa nenhuma.

OTÁVIO *(perdendo o controle)* — Se eu te tivesse educado mais firme, se te tivesse mostrado melhor o que é a vida, tu não pensaria em não ter confiança na tua gente...

TIÃO — Meu pai não tem culpa. Ele fez o que devia. O problema é que eu não podia arriscá nada. Preferi tê o desprezo de meu pessoal pra poder querer bem, como eu quero querer, a tá arriscando a vê minha mulhé sofrê como minha mãe sofre, como todo mundo nesse morro sofre!

OTÁVIO — Seu pai acha que ele tem culpa!

TIÃO — Tem culpa de nada, pai!

OTÁVIO *(num rompante)* — E deixa ele acreditá nisso, se não, ele vai sofrê muito mais. Vai achar que o filho dele caiu na merda sozinho. Vai achar que o filho dele é safado de nascença. *(Acalma-se repentinamente.)* Seu pai manda mais um recado. Diz que você não precisa aparecê mais. E deseja boa sorte pra você

TIÃO — Diga a ele que vai ser assim. Não foi por covardia e não me arrependo de nada. Até um dia. *(Encaminha-se para a porta.)*

OTÁVIO *(dirigindo-se ao quarto dos fundos)* — Tua mãe, talvez, vai querê falá contigo... Até um dia! *(Tião pega uma sacola que deve estar debaixo de um móvel e coloca seus objetos. Camisas que estão entre as trouxas de roupa, escova de dentes, etc.).*

ROMANA *(entrando)* — Te mandou embora mesmo, não é?

TIÃO — Mandou!

ROMANA — Eu digo que vocês tudo estão com a cabeça virada!

TIÃO — Não foi por covardia e não me arrependo!

ROMANA — Eu sei. Tu é teimoso... e é um bom rapaz. Tu vai pra onde?

TIÃO — Vou pra casa de um amigo da fábrica. Ele mora na Lapa.

ROMANA — E ele vai deixá tu ficá lá? Também furou a greve?

TIÃO — Furou não, mas é meu amigo. Vai discuti pra burro, como todo mundo discute, mas vai deixá eu ficá lá uns tempos. É ele e a mãe, só!

ROMANA — E depois?

TIÃO — Depois o quê?

ROMANA — O que tu vai fazê?

TIÃO — Vou continuá na fábrica, tá claro! Lá dentro eu me arrumo com o pessoal. Arranjo uma casa de cômodos e venho buscar Maria!

ROMANA — Tu fez tudo isso pra ir pra uma casa de cômodos com Maria?

TIÃO — Fiz tudo isso pra não perder o emprego!

ROMANA — E tu acha que valeu a pena?

TIÃO — O que tá feito, tá feito, mãe!

ROMANA — Teu terno tá lavando. Tu busca outro dia.

TIÃO — A senhora é um anjo, mãe!

ROMANA — Tu vai vê que é melhó passá fome no meio de amigo, do que passá fome no meio de estranho!...

TIÃO — Vamos vê!

ROMANA — Dá um abraço! *(Abraçam-se.)* Vai com Deus! E deixa o endereço daqui no bolso, qualquer coisa a gente sabe logo!

TIÃO — Se não fosse a senhora, eu diria que tava agourando! Eu venho buscá o resto da roupa...

MARIA *(entrando)* — Tu vai embora?

TIÃO — Tu já não desconfiava?

MARIA — E agora? *(Romana vai para o fundo e fica impassível.)*

TIÃO — Tá tudo certo. Não perdi o emprego, nem vou perdê. A greve tá com jeito de dá certo, vou ser aumentado. Tu vai receber aumento na oficina. Nós vamos pra um quarto na cidade, nós dois. Depois, vem o Otavinho e vamos levando a vida, não é assim?

MARIA — Quer dizê que tu perdeu os amigo?

TIÃO — Sobram alguns! Teu irmão, alguns da fábrica...

MARIA *(abanando a cabeça, profundamente triste)* — Não... não...

TIÃO — Nós vamos casá, vamos embora, fazê uma vida pra gente. Isso que aconteceu...

MARIA — Não... não tá certo... Deixá isso, não tá certo!...

TIÃO — Não te preocupa, dengosa, vai dá tudo certo. Nós vamos pra cidade, só isso!... Eu fiz uma coisa que me deu o desprezo do pessoal, mas você não. Você não tem o desprezo de ninguém!...

104

MARIA (*cai num choro convulsivo*) — Não... não tá certo!

TIÃO — Maria, não tinho outro jeito, querida. Eu tinha que pensar... A greve deu certo como podia não dar... E tudo aconteceu na última hora... Quando eu cheguei na fábrica a maioria queria entrá. Depois é que mudou... Eu fui um dos primeiros a entrá... Podia não ter dado certo. Papai pode ainda perdê o emprego. Eles dão um jeito! E eu? Tu já imaginou o que podia acontecê? Agora não, nós tá seguro!

MARIA (*sempre chorando*) — Não tá certo!... Deixá isso, não tá certo, deixá isso... (*Perde as forças e cai chorando copiosamente.*)

TIÃO — Mariinha, escuta! Eu fiz por você, minha dengosa! Eu quero bem! Eu tinha... eu tinha que dá um jeito... O jeito foi esse.

MARIA — Deixá o morro, não! Nós vamo sê infeliz! A nossa gente é essa! Você se sujou!... Compreende!

TIÃO — É que eu quero bem!... Mas não foi por covardia!

MARIA (*idem*) — Foi... foi... foi... foi por covardia... foi!

TIÃO (*aflito*) — Maria escuta!... (*A Romana*) Mãe, ajuda aqui! (*Romana não se mexe*)... Eu tive... Eu tive...

MARIA — Medo, medo, medo da vida... você teve!... preferiu brigá com todo mundo, preferiu o desprezo... Porque teve medo!... Você num acredita em nada, só em você. Você é um... um convencido!

TIÃO — Dengosinha... Não é tão ruim a gente deixá o morro. Já é grande coisa!... Você também quer deixá o morro. Depois a turma esquece, aí tudo fica diferente!...

MARIA — Eu quero deixá o morro com todo mundo: D. Romana, mamãe, Chiquinho, Terezinha, Ziza, Flora... Todo mundo... Você não pode deixá sua gente! Teu mundo é esse, não é outro!... Você vai sê infeliz!

TIÃO (*já abafado*) — Maria, não tem outro jeito!... Eu venho buscar você!

MARIA — Não pode, não pode... tá tudo errado, tudo errado!... Por quê?... Tá tudo errado!...

TIÃO *(quase chorando também)* — Maria você precisa me entender, você precisa me ajudá!... Vem comigo!...

MARIA — Não vou... não vou!...

TIÃO — Foi por você...

MARIA — Não... não... tá tudo errado! *(Chora convulsivamente.)*

TIÃO — Maria, pelo menos tu sabe que eu arranjei saída. *(Quase com raiva)* Agora tá feito, não adianta chorá!

MARIA — Eu acreditei... eu acreditei que tu ia agi direito... Não tinha razão pra brigá com todo mundo... Tu tinha emprego se perdesse aquele... Tu é moço... Tinha o cara do cinema...

TIÃO *(irrita-se cada vez mais. Uma irritação desesperada)* Mariinha, não adiantava nada!... Eu tive... eu tive...

MARIA — Medo, medo, medo...

TIÃO *(num grande desabafo)* — Medo, está bem Maria, medo!... Eu tive medo sempre!... A história do cinema é mentira! Eu disse porque eu quero sê alguma coisa, eu preciso sê alguma coisa!... Não queria ficá aqui sempre, tá me entendendo? Tá me entendendo? A greve me metia medo. Um medo diferente! Não medo da greve! Medo de sê operário! Medo de não saí nunca mais daqui! Fazê greve é sê mais operário ainda!...

MARIA — Sozinho não adianta!... Sozinho tu não resolve nada!... Tá tudo errado!

TIÃO — Maria, minha dengosa, não chora mais! Eu sei, tá errado, eu entendo, mas tu também tem que me entendê! Tu tem que sabê por que eu fiz!

MARIA — Não, não... Eu não saio daqui!

TIÃO *(num desabafo total)* — Minha Miss Leopoldina, eu quero bem!... Eu queria que a gente fosse que nem nos filmes!... Que tu risse sempre! Que sempre a gente pudesse andar no parque! Eu tenho medo que tu tenha de sê que nem todas que tão aí!... Se matando de trabalhá em cima de um tanque!·· Eu quero minha Miss Leopoldina... Eu te quero bem! Eu quero bem a todo mundo!... Eu não sou um safado!... Mas para de chorá! Se você quisé eu grito pra todo mundo... que eu sou um safado! *(Gritando para a rua)* Eu sou um safado!... Eu traí... Porque tenho medo... Porque eu quero bem! Porque eu quero que ela sorria no parque pra mim! Porque eu quero viver! E viver não é isso que se faz aqui!

MARIA — Tião!...

TIÃO — Mariinha, minha dengosa *(Atira-se sobre ela. Abraçam-se.)* E agora, Maria, o que vou fazer?

MARIA — Não posso deixá o morro... Deixando o morro, o parque também ia ser diferente! Tá tudo errado!... Reconhece!

TIÃO — Não posso ficá, Maria... Não posso ficá!...

MARIA *(para de chorar. Enxuga as lágrimas)* — Então, vai embora... Eu fico. Eu fico com Otavinho... Crescendo aqui ele não vai tê medo... E quando tu acreditá na gente... por favor... volta! *(Sai.)*

TIÃO — Maria, espera!... *(Correndo, segue Maria. Pausa.)*

OTÁVIO *(entrando)* — Já acabou?

ROMANA — Vai falá com ele, Otávio... Vai!

OTÁVIO — Enxergando melhó a vida, ele volta. *(Retorna ao quarto. Entram Chiquinho e Terezinha.)*

CHIQUINHO — Sabe, mãe, aquele samba...

TEREZINHA — O samba do "Nós não usa Black-Tie".

CHIQUINHO — Tá tocando no rádio...

ROMANA — O quê?

TEREZINHA — O samba do Juvêncio, aquele mulato das bandas do cruzeiro!

CHIQUINHO — Ele tá chateado à beça. O samba tá com o nome de outro cara. *(Sai correndo.)*

TEREZINHA — Eu fiquei com pena do Juvêncio. Tá perto da bica, chorando! Chiquinho! *(Sai.)*

> *Romana, sozinha. Chora mansamente. Depois de alguns instantes, vai até a mesa e começa a separar o feijão. Funga e enxuga os olhos...*

FIM

O texto deste livro foi composto em Sabon,
desenho tipográfico de Jan Tschichold de 1964
baseado nos estudos de Claude Garamond e
Jacques Sabon no século XVI, em corpo 10,5/13.
Para títulos e destaques, foi utilizada a tipografia
Frutiger, desenhada por Adrian Frutiger em 1975.

A impressão se deu sobre papel off-white
pelo Sistema Cameron da Divisão Gráfica
da Distribuidora Record.